属雷辑

——李东东新闻作品选

李东东◎著

人民出版社

书名题字：苏士澍
责任编辑：雷坤宁
封面设计：林芝玉
版式设计：石笑梦

图书在版编目（CIP）数据

风云辑：李东东新闻作品选 / 李东东 著 . — 北京：人民出版社，2017.6
ISBN 978 - 7 - 01 - 017167 - 8

I. ①风… Ⅱ. ①李… Ⅲ. ①新闻 - 作品集 - 中国 - 当代 Ⅳ. ① I253

中国版本图书馆 CIP 数据核字（2016）第 303844 号

风云辑：李东东新闻作品选
FENGYUNJI LIDONGDONG XINWEN ZUOPIN XUAN

李东东 著

人 民 出 版 社 出版发行
（100706 北京市东城区隆福寺街 99 号）

北京盛通印刷股份有限公司印刷 新华书店经销

2017 年 6 月第 1 版 2017 年 6 月北京第 1 次印刷
开本：710 毫米 ×1000 毫米 1/16 印张：19 插页：2
字数：211 千字

ISBN 978 - 7 - 01 - 017167 - 8 定价：76.00 元

邮购地址 100706 北京市东城区隆福寺街 99 号
人民东方图书销售中心 电话：(010) 65250042 65289539

出版前言

　　为继承和弘扬党的新闻事业优良传统，追寻革命前辈的足迹，切实承担起在新的时代条件下党的新闻舆论工作的职责和使命，我社出版了李东东同志编著的《红蓝文稿》（全四册），分别为：《岁月痕》《山河笔》《红蓝韵》《风云辑》。

　　这四本著作，从"抗日烽火奔太行"到"红笔蓝笔两从容"，回顾了老一辈优秀新闻工作者的战斗和工作经历；从《"三八线"上》到《被人们欢呼"万岁"的部队》，再现了我国首位赴朝鲜战场采访的新闻记者客观记载的战地情景；从《真实，不能触碰的新闻底线》到《有志于使新闻工作留名青史》，阐述了党的新闻事业优良传统和多位优秀新闻工作者的新闻实践事例；从新闻通讯、新闻评论到新闻史料归集，记录了改革开放伟大历史进程中的风云点滴。四本著作，深情讲述了在烽火连天的革命岁月，在热火朝天的建设年代，在波澜壮阔的改革时期，一家两代新闻工作者将个人命运与党和国家命运紧密结合；深入展现了优秀新闻工作者在建立新中国、建设新中国、探索改革路、实现中国梦的伟大实践中的忠诚执着和孜孜以求。

　　书中一以贯之体现了党中央对新闻舆论工作的高度重视；体现了新闻战线与党和人民同呼吸、与时代共进步，在革命建设改革各个历史时期发挥的重要作用；体现了优秀新闻工作者对党和人民的无限忠诚，对祖国的无比热爱，对新闻事业的无私奉献。

2016 年 2 月 19 日，习近平总书记在北京主持召开党的新闻舆论工作座谈会并发表重要讲话时强调："党的新闻舆论工作是党的一项重要工作，是治国理政、定国安邦的大事，要适应国内外形势发展，从党的工作全局出发把握定位，坚持党的领导，坚持正确政治方向，坚持以人民为中心的工作导向，尊重新闻传播规律，创新方法手段，切实提高党的新闻舆论传播力、引导力、影响力、公信力。""做好党的新闻舆论工作，事关旗帜和道路，事关贯彻落实党的理论和路线方针政策，事关顺利推进党和国家各项事业，事关全党全国各族人民凝聚力和向心力，事关党和国家前途命运。必须从党的工作全局出发把握党的新闻舆论工作，做到思想上高度重视、工作上精准有力。"

这本《风云辑——李东东新闻作品选》，辑录了作者在经济日报工作 10 年期间的部分新闻作品。作品写于作者从事新闻工作的亲历亲见亲闻，时在 20 世纪 80 年代至 90 年代初的改革开放早中期，其主题既涉及国家大事包括农村和城市改革发展、反腐倡廉、制度建设，更关注扶贫惠农、地方特色、民俗百态、生活点滴。考虑到新闻文种中的消息时效性最强，最易成为"易碎品"，故没有收入；七十余篇文章，主要是新闻通讯、连载通讯和新闻评论；另有史料论文一则；附录纪实散文一套。

本书坚持马克思主义新闻观，所录文章具有新闻作品的真实性、准确性，同时具备评论文章透过现象看本质的辩证分析，还蕴含着文学写作的深刻思想和人文关怀，展现了作者深厚的文学功底和娴熟的文字驾驭能力。本书是作者新闻工作实践成果的精选集，也是一部共和国公民的心灵史，用红蓝两支笔记录着时代风云，情真意切，娓娓道来；既具备开放眼光和国际视野，又饱含关注民生、深入基层的家国情怀，体现了党性和人民性的统一，也体现了作者的坚守新闻理想和勇于担当使命。

期望通过本书的出版，为广大新闻工作者在思想政治、道德修养、理论知识和新闻业务等方面提供借鉴，帮助新闻工作者增强新闻敏锐性和洞察力，为实现广大新闻工作者做党的政策主张的传播者、时代风云的记录者、社会进步的推动者、公平正义的守望者尽绵薄之力，在实现"两个一百年"奋斗目标、实现中华民族伟大复兴中国梦的新征程上，不忘初心，继续前进。

2018年7月1日是李庄同志诞辰100周年纪念日，我们和本书作者一道，谨此深切缅怀当代著名新闻工作者、新中国新闻事业的开拓者、党的新闻宣传战线的优秀领导干部李庄同志。

人民出版社

2017年6月

目 录

穿南輯
——李东东新闻作品选

目
录

目 录

李东东新闻作品选

目
录

目 录

目录

第一部分

通讯

他们的生活·心态·希望

——在辽西山区贫困县建昌县的采访笔记（上）

　　记者在辽宁省最贫困的建昌县的采访笔记，试图勾勒
这样一幅画面：历史原因造成的贫瘠、落后地区，由于穷
困而"醒得早"——不甘心永久容忍"大锅饭"体制带来
的没有复苏机会的落后；又由于穷困而"起身晚"——不
可能像发达地区那样，只消正确政策"振臂一呼"，久被
压抑的生产力就一下子迸发出来。

　　但是，那里的农民也在倔强地紧跟着全国农村改革继
续深入的大趋势，"步子虽小年年走"，不断挣脱传统观
念的束缚，向着脱贫致富、向着祖祖辈辈憧憬的幸福和美
好，迈着他们沉重的、又是坚实的脚步。

　　我们应当充分谅解这部分尚未解决温饱地区的普通农
民的困难，切实扶助他们选择并走上适合自身发展的产业
进化道路。这既是当前最要紧的工作，也是从根本上增强
农业后劲的长远建设。

　　5月的辽西努鲁儿虎山，辽宁省最偏僻、穷困的建昌县。数千
平方公里山陵丘壑间，照例展现出辽西山区一年中少有的绿色生

机，但仍然留给人田瘦滩干、山秃人穷的深刻印象。

背负着多年历史积淀所遗留的贫困自然条件，"断断续续与中央保持联系"（这是当地群众一种诙谐的说法，指的是经常断电，听不到中央人民广播电台广播）的 50 万建昌农民，怎样跟上全国农村继续改革的步伐，奠定自身发展的后劲，实现脱贫致富的夙愿呢？

200 年前，这里曾经山深林茂

5 月 14 日，准备探访建昌的记者，先赴喀喇沁左翼蒙古族自治县。喀左县委的张化成书记是前任建昌县委书记，在该县有二十多年"从政"历史。从他口中，一条建昌发展脉络，这样记在了我的笔下——

此地与河北承德同纬度，且东西相距不过一百多公里。乾隆年间，还是皇家狩猎队伍所涉足。难说与木兰围场孰短孰长，但从现在还存留于部分山沟、寺庙周围的参天古松看，用"山深林茂"四字形容当年不算过分。杨树湾子、柳树行子、大松木沟……这些传名至今的乡屯，大约也能为 200 年前曾有过的良好自然环境作个佐证。

"实事求是地看，不能把山秃人穷的账按老说法一股脑记在解放前的那段历史上，"张书记以东北人特有的豪爽这样作了总结："分两下子说。一百多年间的天灾征战、乱砍滥伐，确实留给人民政府一片荒山秃岭。但如果我们三十多年的指导思想正确，不搞穷折腾，造成'左'加灾，就靠笨法子栽树种草，也能把山熬绿了。可是党的十一届三中全会前，传统农业的思路，使我们守着秃岭

薄土还在打粮食自给的算盘，结果是人穷没能改变山秃，山秃仍然造成人穷。经验教训证明，科学的论断是正确指挥的前提，我们带领农民解决温饱、脱贫致富的步伐，再不能延误在决策失误上了！"

30个春秋，经验教训换来科学的建设方针

5月15日，在建昌县与书记、县长们聚谈。主管农业的副县长杨金城在总结历届班子经验的基础上，构筑了今天建昌农村的发展前景："我们也曾羡慕过办加工业、搞运输的路子，可那是富裕地区的干法。我们的现实是地处偏远，资源匮乏，还不得不立足于老祖宗留下的十年九灾的自然环境考虑问题。几十万人起

早睡晚累了这么些年，总算闹明白了建昌的'秃'与'穷'互为因果；制订'七五'规划时，明确了把脱贫致富的着眼点首先放在恢复生态平衡这一指导思想上，以此为建昌的长期、持续发展选择了突破口。"他用东北干部擅长的顺口溜对这届班子的"宏图大计"概括如下：栽好翻番果，种足养畜草，狠抓薪炭林，五年披绿装。具体化即是：人均 1 亩地解决吃饭问题，人均 1 亩果解决花钱问题，人均 1 亩林解决烧柴问题，人均 1 亩草解决养畜问题。

为什么把果业作为振兴全县的突破口？杨副县长举了两个"138"的例子：1981 年大旱，房申沟村鲍台子村民组，138 亩粮田，每亩倒挂 6 分钱；138 棵山楂树，每株纯收入 45 元。多少山乡、多少年来的实践，使建昌得出了这样的规律性结论：凡有林果，大旱之年都不伤元气——而历史赋予这方土地的恰是十年难逃八九旱。看来，"使笨劲打基础，五年间使生态条件有较大改变，脱贫致富有较大进展"的决心是下对了。

50 万农民里，中间部分的反映和动作

我相信这位"父母官"多次申明的上述经过"科学论证"、"统一认识"的决策思想，但我更想知道立足于黄土地上的普通农民，尤其是常说的如同中国社会群体构成"两头小中间大"的中间那部分的认识和反映。

当天下午，在二道湾子乡大北沟村，坐在农民李秀春家的炕上唠嗑时，听到了时下常说的"反馈"。先看看这个劳力不强子女又多、吃大锅饭时背一身债还累下病的农民的土坯房吧！一掀门帘，

迎面昏暗的西墙上，一本今天的月历被拆成 12 张，整整齐齐依次贴好。12 只神态各异的"世界名猫"，与我们共同打量着这间旧房。一铺炕上，东边挨着灶间育了一块地瓜秧，西头靠墙垒着粮食口袋和被褥什物，中间大半铺炕，要挤老少五六口人。一冬霜雪，残破的窗纸被五级春风刮得"哗啦啦"响。

而从他一家人脸上，却分明显露出对党的政策的感恩戴德："不管咋说，实行责任制后，日子好过多了。我们相信上级现在这套办法。你说种果树？还没顾上哩！可从去年起，我家口粮接上顿了。这地方穷，国家照顾，免征购。虽说眼下一年里还难见荤腥，但是集体提留款，该啥时交啥时交，咱一分钱也不比别人家少交！"

就是这样的生存条件，就是这样的认识水平！辽西山区农民李秀春，还远不具备像商品经济发达地区农民那样的视野和魄力，甚至不能如他的"父母官"迫切希望的那样冲破小农观念的狭隘眼界，在种植业调整上多算算账，对土地投入再花些本钱。但是，我们应该谅解这部分农民——他们代表了相当一部分生产力不发达地区农民的现状和心态——他们不能背负着沉重的历史负担搞现代化。就说李大叔，他得靠种粮之外动员全家编炕席，换出钱来打油盐酱醋、供孩子读书；他得修好唯一一间房子的破窗户，以免今冬再受冻；他还该按季节换下 5 月中旬仍穿在脚上的旧棉鞋……解决温饱后，再图发展。我们怎能指责他的迟滞或是不够开拓？我们难道不能从他一家人脚踏实地的努力中，倾听到、感受到中国贫困地区农民崛起的趋势么？

（原载《经济日报》1987 年 5 月 26 日）

他们的生活·心态·希望

——在辽西山区贫困县建昌县的采访笔记（下）

对于不少类似建昌县这样正在解决农民温饱问题的偏远地区，今天还远远谈不到效仿"苏南模式"或"温州格局"，而且最终也不一定具备那种条件；这类地区生产力诸要素的构成，使之在试图汲取可能对全国农村更具普遍意义的"阜阳模式"经验时，也感到距离颇大。

当前最现实而迫切的，是转变干部作风，发掘普通农民中的典型，尊重他们根据自身发展条件所作的选择，帮助他们在摆脱物质贫困的同时，不断扭转"观念贫困"的状况。

这里可以实实在在地看到，"榜样的力量是无穷的"

5月17日留给我的，是更加充满希望的印象。在从贺杖子乡出山的路上，那个享受民政救济的特困户刘百岁的土坯破房还在我眼前晃动，汽车突然刹住，杨副县长向路边一个中年人打着招呼，介绍我们认识了这位"乡劳模"——碱厂乡碱厂村农民马希民。

如同任何地方都有先进、中间、落后部分一样，在困难到种着国家的地而不交"皇粮"的地方，也有它自己的"先进阶层"。老马

就属这种代表人物。蹲在他精心侍弄的9亩地头，走进他为了经营这块离村最远的责任田而搭盖的小土房，就不难明白为什么"榜样的力量是无穷的"了——

建昌县50万农民承包经营81万亩耕地，人均1亩半多点。当初，打破"大锅饭"经营体制，并没有随之改变小农经济与生俱来的平均主义观念：水浇地，不多几块，哪怕再零散，家家都得分到几垄；坡地比滩地差，地块再整齐，也得打散了各户分摊。这样，家家包着几亩地，户户得往东南西北几个地块跑。如今都讲规模效益，尤其在土地经营方面，没有一定规模，提高效益谈何容易（且不论有了规模并不意味着就有效益）？别说统筹安排、立体经营，光是种了这块管那块，赶路还搭不过功夫哩！

马希民就在这样的形势下显示了他的经济眼光。要说他在有意识地完善、补充农村第一步改革遗留的问题，那是拔高了他；但他的考虑、他的做法，确也体现了落后、闭塞地区这种带有自发性质的"小步迈，年年走"的特色。他主动与邻里协商，宁愿以好地换次地，以离村近的地换离村远的地，有的地块还得搭进几分——求得相对集中，以便统筹经营。眼前这块与4家调换归并起来的河滩地上，口粮之外，栽了500棵山楂，种了花生、葱、蒜、土豆，还育了辣椒准备卖秧子。唠了一会儿，我们打听出来了，去年辛苦一年算下来，承包地面积虽略有减少，可纯收入明显增加，超过3000元。

这个4位数的数字，对山沟里的庄稼人意味着什么？至少比宣讲抽象的大道理管用。现在，碱厂乡已有300户在自愿协商，联片并地。而全县范围内，则有岭上张永兴、岭下王国兴，两"兴"带起了承包治理小流域的热潮；新开岭乡大新开岭村农民费占友，卖了自家独门独院的4间瓦房买来山楂树苗，一家4口进山沟搭窝棚，山不绿不出山。有的村开始筹划果树自给园，争取三五年后，村干部、民办教师报酬及一切提留，都可以靠果树而不再从农民身上出。如此等等，开始显露出农民的思想从封闭到开拓的迹象，也终将展示荒山再绿的前景。

不能搞行政指挥了，基层干部在想什么做什么

5月16日夜，在二道湾子与乡妇联主任王树秋睡在一铺炕上。她的女儿睡着后，我俩有这样一段对话：

"现在乡、村都有专职计划生育干部了，妇联干部抓什么呢？""参加乡干部包片，到村里为农民搞服务呗！"

"都干些啥？""今年春天主要是张罗山楂苗子。乡长跑外县买回来，我们管分下去，帮着种。"

"工作好做么？""难！现在不能搞指令性，得挨家挨户动员——

买树苗是用国家贴息贷款，可农民只要掏钱就得先合计合计。我们还得讲解种植办法，将来搞植保等等，也得按季下去跑。"

"这么做工作，是不是觉得比原先累？""累是累，难归难，还是觉着该这么办。过去那套办法，老百姓不欢迎了；现在农民需要、自家又办不成的事，我们不干，国家养着这么些干部做啥呢？"

希望——在于农民观念的彻底变革

5月18日，记者告别辽西山区前，与朝阳市副市长牛成厚同志交换看法，他字斟句酌地表述了这样的思想："如果说，把市场机制引进农村经济，在我们这种落后地区已经是一项艰巨工程的话，那么，把商品经济观念导入长期被贫穷与闭塞所困扰的农民头脑中，则是一项更艰巨的、带有根本意义的变革。"

是的，经济体制改革的重要内容之一是要创造出适于社会主义商品经济发展的平等竞争的环境——这首先是由于各地区各行业间存在着极大的机会不均等。建昌人民，就处于历史条件造成的"醒得早"却"起身晚"的低水平起跑线上。这里，自然基础的薄弱是一个方面，而由于生活贫困所带来的"想富都不知该怎么富"的观念贫困的状况，引起了干部们深深的思索。

不论是抱着个3岁女孩跑村串户的乡干部王树秋的直白陈述，还是牛成厚副市长那颇有点哲理性的归纳，使人悟出的是同一道理：在建昌这类占不着天时地利的落后地区，不要说效仿"苏南模式"、"温州格局"，就连可能对全国农村更具普遍意义的"阜阳模式"这班车，也不是三年两载就搭得上的。当前最现实的，恐怕还是干部的认识和作风来个彻底转变，引导农民自主选择，同时扶助他们走上适于自身发展的脱贫致富的道路。而农业后劲的增加，农村改革的深化，最终在于千千万万普通农民对传统观念的彻底抛弃，在于他们那虽然艰难、沉重，但是顽强不息地前进的步伐中。

（原载《经济日报》1987 年 5 月 28 日）

当我们处在深化改革的阶段，无论理论和实践上都面临一系列新问题：投资、消费膨胀，企业短期行为，以及承包、租赁、股份等经营责任制带来的多种关系的变化……这全部问题的实质是财产关系的解释和认定。面对不同意见的争论，中国经济体制改革研究所副所长王小强根据十三大报告精神提出，应当继续在两权分离理论创新的基础上——

探索中国特色的公有制形式

　　近年来，从理论研究角度从事改革咨询工作的一批中青年，为国家经济体制改革的政策制订倾注了智慧与心血。在十三大提出的党的基本路线指导下，加快和深化改革的今天，他们又在研究什么问题？怎样为决策机构出台新政策作着理论准备与构想？

　　中国经济体制改革研究所副所长王小强日前接受记者采访时，针对目前影响改革深入进行的投资、消费膨胀，以及人们关心的如何克服企业短期行为等问题，就十三大报告提出经济体制改革中"按照所有权经营权分离的原则，搞活全民所有制企业"的任务，阐述了"两权分离"在传统经济学基础上进行的理论创新；介绍了在改革企业制度、探索中国特色的公有制形式，从根本上消除投资、消费两膨胀的过程中，承包经营责任制具有的重大理论和实践意义。

王小强与记者之间的答问，循着这样的逻辑顺序进行：

在社会主义经济运行中，重要的问题是在公有制的前提下实现对法人资产的社会承认，从而使企业具有实际的资产运用权；也就是说，应当把注意力投向促使生产力发展，即如何使资本有效运动，而不在于它的归属。

使所有权和经营权分离，弱化财产所有者对占有和使用的干预，在法人资产的独立运动中造就大批追求企业长期利益的优秀企业家。

承包制率先作出的有益探索，为租赁、股份等多种经营责任制提供了中国特色法人资产的概念和实际运行经验；承包制的完善和发展，将使企业家真正追求企业的长期利益，以克服在改革起步阶段出现的短期行为，使具有中国特色的企业模式尽快建立起来。

重要的问题在于如何使资本有效运动

企业改革是经济体制改革的基础，这一判断已为多数人认同。小企业比较好办，人们格外关注的是支撑国家经济命脉、也决定小企业和个体经济命运的大中企业的动向，尤其是产值、利税均占全国 50% 以上的五六千个国营大企业。在某种意义上可以说，这些企业建立起了合理的运行机制，才真正标志着找到了中国特色的公有制形式，促使各种关系的理顺，这也是改革的目的。

前一阶段，理论界曾就改革中出现的投资、消费两膨胀研究对策。一种意见认为，这是由于没人对国家资产负责，没有所有者约束造成的，于是提出采取国家模拟或替代资本家职能的方案设计来强化资产管理。王小强认为，这种思路在我国现实中面临三个难以解决的问题：在没有资产市场的情况下，无法度量企业资产的增殖或贬值；已经下放给厂长的自主权，特别是与所有权有关的权力如留利和留利的处置权面临收回的境地；无法保证国家派出的所有者代表能成为真正的"资本家"而不是行政干部。

王小强提出的思路是：在肯定国家所有权的同时，逐渐明晰并强化企业家对资产运用（包括兼并）的自主权，弱化国家在资产实际运用中进行的干预，包括对企业的人事、投资、工资等比产销供更深层次上的干预，使企业在已有的经营自主权上，再增加运用商品经济基本要素的权力。

事实上，我国农村改革的成功已经在相当程度上验证了这种可能。在经济学意义上，"大包干"远远超出了联产承包责任制这种法律合同关系所能包含的内容，特别是土地有偿转包的出现，实质已经形成了在资产（土地）国有的前提下，占有和使用权归经营者支配的事实。正因为此，来自所有者的干预才得以弱化。这种现状，很有些国家所有（集体也无权主动买卖土地）、集体占有、个人经营的意味。

国际上的一些经验也是这一思路的借鉴。西德克虏伯家族，在战后政治和经济生活中失去了地位，但董事会作为法人资产占有者和经营者，同样把企业发展起来。拥有400亿马克资产的西德工会，最终所有人是全体工会成员，同样很难直接实现所有权，但它的由企业家经营的下属企业，也并没有出现我们一些企业追求多发奖金、增加福利或掠夺式经营等短期行为。

很多事实都已证明，资本运动从绝对的个人对其财产关心而形成的动力机制，转化为一种股东、企业家、劳动者多元的利益动力机制，恰是马克思指出的"资本所有权已经和它在现时再生产过程中的功能完全分离"（《资本论》第三卷）。无论在哪一种经济结构中，研究资本如何运动，比强调资本的归属要有意义得多。

造就追求企业长期利益的企业家

时下经济界经常谈到企业短期行为，那么，什么是企业的长期行为？怎样造就追求企业长期利益的企业家与企业家阶层？这是人们关心的又一话题。

典型商品经济中真正自负盈亏的企业有两个特征：任何企业一经创办，都具有无限大的发展可能性，能否发展壮大，主要取决于它在市场竞争中的能力；企业本身无上级，它的经济和社会地位取决于企业规模和企业在经济、社会中的作用，而不是由干部的行政等级所决定。企业的"上级"是市场竞争。

我国目前的状况是，企业主要在产品市场活动中有了一定程度的自主权，但在厂长还是干部，资金、就业还由行政直接管理，企业既不能通过投资或兼并迅速扩大，又不会因亏损而破产的情况下，企业成长事实上不取决于企业利润，而只有工资、奖金与企业的利益有直接关系。

王小强认为，现在企业的短期利益市场化了，但长期利益仍为行政计划管理（包括厂长的长期利益仍是行政干部晋级），厂长实际上没有与企业经营好坏、竞争能力高低相关的长远利益，所以也就找不到办法使他具有长远眼光。因此，改革的重心应当是为企业短期赢利与企业长远发展建立现实的联系。

首先应当考虑培育企业之间竞争中的破产，特别是合并（或称兼并）机制，使企业的长期发展取决于企业的投资能力（包括兼并型投资），而不再是计划规定。其次要考虑逐步赋予厂长以企业家的权力，包括工资决定权、招聘和解雇职员权、投资决定权以及合并他厂时的人事调整权，使企业家的"仕途"通过市场竞争中的企业发展来实现，逐渐脱离国家行政干部管理体系。

　　总之，劳动、资产、资金、资源等要素市场的形成，是企业长期利益市场化的必要条件。围绕企业制度的根本改革，在两权分离的指导原则下，配合政治体制改革与科教体制改革（党政分开与人才流动），研究破产、合并、干部、就业、工资、福利保障等配套改革方案，应成为进一步改革的重点。

承包制的灵魂在于所有权与经营权真正分离

　　对于当前在国营大中型企业中普遍实行的承包经营责任制如何评价？理论界和实际从事经济工作的同志们都很关心。

　　王小强认为，承包制在目前实行阶段难免存在弊病，无疑需要完善、发展；但问题的关键是把承包的具体做法与承包在探索中国特有的企业发展道路上的理论和实践意义区分开来。

　　承包制，各地的具体做法大约不下十几种，但它的灵魂是一个——"两权分离"；它的出现和发展，预示了企业家运用资产的法人资产地位得到社会承认的前景。特别是招标竞争方式引起承包经营，不仅为企业资产评估创造了条件，而且将为企业干部管理逐渐脱离行政评价系统提高可能；企业承包企业，不仅为企业间的资产转移、产业结构调整创造了市场化的条件，而且为今后真正从资产增殖意义上的国有资产管理提供了可能。为此，王小强提出了在承包制广泛推行的前提下进一步完善的三点意见：成立发包——协调委员会，使发包工作专业化、组织化、社会化；建立招标承包信息公开化规则，以制度保证形成承包市场；设立发现和保护企业家的社会组织，如企业家协会或俱乐部，逐步形成承包集团。

顾后瞻前，在寻找社会主义公有制财产代表、加强所有权约束，与弱化国家对资产实际运动的干预以搞活企业的两难问题面前，承包的实践又一次作出了历史性选择；承包制的推进，为我们在理论和目标模式上探索具有中国特色的社会主义道路，迈出了具有实质意义的关键的一步。

*   *   *

王小强以他进行改革理论探索需要激情和想象力的观点，回答了记者关心的他与他的同伴们今后研究方向的问题。他说，西方资本主义国家是在既定的经济运行机制和理论依据的框架下进行学术探讨和政策制订，而我们是在变革基本管理体制的前提下研究问题。所有的变革都具有一定的理论背景，理论上不清楚将无法制订正确的政策。让我们打破观念上的某些禁区，在所有权及其他一些问题上，超越传统经济逻辑进行想象，为建立中国自己的社会主义经济理论体系而不懈地进取。

（原载《经济日报》1987 年 11 月 24 日 ）

迎接龙年的花炮燃遍京城。一片绚丽与喧腾中，我想起在兔年岁尾结识的河南辉县几位农民朋友。他们居住和劳作在宁静的山川，他们中正在萌生着商品经济意识，他们在改革的大潮中，视野开始越出

那个喝"天水"的小山庄

在刚刚过去的丁卯年腊月，我访问了河南省辉县。

正逢西伯利亚寒潮南侵，天寒地冻。提起要去北部山区，县委同志不解：辉县县城周围是平原，稍远些有丘陵，找哪儿的农民不是一样交谈，何必非进山不可？——比平川冷得多，少煤，缺电，喝房檐流下的雨水……

真算说到点子上了！我正是想去看看像《老井》里描写的打不出地下水、靠天上下的那点雨水生存、劳动、发展商品生产的山区农民，听听他们的心声、他们的希望。

南寨乡北岸泉村，地处十八盘上，典型的中原山区地貌。14个自然村，平均十来二十多户人家，即是彼方土地的承受能力了。就算不到"石头山上不长树，土质薄得挖不下墓"的地步，也曾经在动乱岁月的政治气氛下，提出过"穷死不下山，饿死不讨饭"的壮烈口号，足见历史上穷得可以。

如今呢，大变了。腊月初三、初四，我在那个村的西庄停留两

天，目睹了这个小山庄静悄悄的变化。

在这里走村串户，一眼就可发现与其他地方的一大区别：家家当院砌着个几平方米面积的大窖，多为水泥封顶，留个一尺见方的盖子。提起来向下看，黑乎乎挺深，存着半窖水。一问，得知是夏天下雨时顺房檐、经土沟流进来的"天水"，吃喝洗涮全靠它，用到来年下雨时。

进山当晚，在村妇代会主任袁月英大嫂家住下来，喝小米粥，吃红薯。这是记者要求的，可不是大嫂的意思：眼下山里人要是不端出细粮待客，遭人笑话哩！毕竟，山里还是缺电，拉上了电线，但不亮灯的日子多。趁晚上各家人全，我想多走几户，被劝止。说是山高坡陡，又赶上月初没电，山沟黑得连庄户人也免不了摔跤。

客随主便。我们就着烛光，围着小火炉，拉起家常。知道大嫂家包了4亩地，再靠种山楂，参加村里水果加工，几年来攒起1万多元，盖起了新楼房。丈夫不在家，去看在外做工的大儿子，如今冬闲时，打张车票出趟远门，不稀奇了！

第二天起身，迎面一幅壮美的山景。问起那有点像承德棒槌石的石柱有什么掌故？答曰没有。可乡亲们高兴地告我顺坡向上看，山顶上修起了电视差转台，别看现在天黑了闷得慌，要不了好久，就能看上黑白电视了。

帮大嫂打水。独她家的池子修在坡上。原来，万把块钱投给房子后，她没有力量砌水窖了，挖个敞口大坑，直接接雨水。我心下明白，昨晚今早吃的喝的，都得自这个大坑里捅开的冰窟窿之下。说来也奇，存了半年的雨水，没怪味，无异色，养活山里人，祖祖辈辈过到今天。倒是村干部张罗着帮大家砌了水泥窖，比传统土池子更"现代化"、更卫生些。大嫂站在灶前摊煎饼，被山风吹得粗糙的脸上，漾着红光与笑意："8年前，这村人都还顾不住口，年年吃救济。现在家家都有人到村办厂上班，办一个厂，富一村哩！政策宽了，干部也替大伙儿操心，日子越过越好了，明年你来，我家也砌起水泥窖……"

一前晌，村支书引我走了这样几家——

牛玉生，正与前志愿军退伍战士元守保下棋。说了，两个儿子各在乡果品厂和印刷厂上班，忙着；老汉种责任田，自己当自己的家，这不，闲了玩哩！放在过去，数九寒天也得去修大寨田，有用没用不管，得把大伙儿圈在一堆儿，要不，怎么记工分？

侯春吉，倒插门的女婿，正伺候土改干部老岳父起床穿衣。媳妇拣豆子准备腊八熬粥。10年前，山里姑娘一心向外嫁，山里小伙子三十多了打光棍，哪儿有找上山来的男子汉！

王合元，方圆百里一手好木工活，小儿子继承了这份手艺，女儿、儿媳在村办厂上班。老两口笑嘻嘻地告诉，给大儿子娶了媳妇，又攒了两年，要拆了老房盖楼了，砖瓦梁木齐备，等小儿子回来就开工。大伯说："这二年小儿子在外干活儿，能做新派家具，俺的活儿，儿子相不中了！"

平海江、袁海叶、牛长江、王玉梅……都是在丁卯年刚刚翻盖了房，前后脚，也都置了新家具。进出几户，碰上两家正请了师傅在打酒柜，包沙发，山里人的话干脆："倒退几年，庄户人坐沙发，做梦想想罢。那会儿政策太死，只能忙活口粮，干一辈子也富不了。不是咋的？一样这么些地，几年前，上级只叫长庄稼哩！"

出山前，我同平支书参观了他的村办厂：水果厂、罐头厂、果汁厂，前有果树基地、鲜果收购，后有食品检疫、推销、外运，一个支书一个会计，管起来三厂的大政方针，每厂再有两个农民干部，够他们忙的。这种资源型产业，虽然仅仅是落后地区商品生产的起步产业，虽然生产手段还相当初级、简陋，但相对当地曾经流传的"中原人民有志气，穷死也不做生意"的传统观念，谁能说这不是个历史性进步？

当然，平支书也有他的苦恼：鲜果成熟，收购资金紧张；干鲜果品加工，眼下销路可以，但也面临市场竞争；技术、信息都比平川差，农民工的素质亟待提高……平支书说："我这人长不胖了，熬的。现在干工作，不像过去形式主义多，搞搞检查、督促；眼下

是不干就没得干，要干就干不完，俺就谋个山里人过上小康日子。秋后你再到山里看看，西庄的日子一定更红火！"

（原载《经济日报》1988 年 2 月 20 日）

当前城乡关系，国家同农民关系是"最好的时期"，还是"最紧张的时期"？研究这个问题，不能离开今天农民已进入商品经济发展领域，受价值规律左右这样一个客观现实，研究这个问题更应尊重农户作为独立商品生产者的自主权

按新思路跟农民打交道

◎ 洪冈　庄兰

"当前是新中国成立以来城乡关系最好的时期。"

"当前是新中国成立以来城乡关系最紧张的时期。"

在不久前本报召开的农村问题座谈会上，这样两种截然不同的判断，引起了注意和争论。

认为是"最好时期"的理由当然是充分的：10 年来，以"大包干"为起源的农村经济体制改革，给广大农村、广大农民带来了有目共睹的好处，并由此引起了城乡关系、农民与党和政府关系的一系列重大调整和变化；而认为是"最紧张时期"的，也持之有故，并非危言耸听。请看事实：

——1987 年 5 月，山东苍山县发生"蒜苔事件"，因要求县政府帮助解决 1000 多万公斤蒜苔销路遭到冷遇的农民，群情激奋，

砸了县政府，吓跑了县长；

——1987年，全国发生农民围店、围库、围厂、拦车、截船强购化肥事件1万多起，参加者达数百万人；

——不少地方农民手里有粮，但是不愿以合同规定价格卖给国家，有的地方为了完成商品粮收购任务，不得不派几千名干部下乡收粮，收不上来就撤乡长。

这种情况，确实是过去少见的。农牧渔业部的一位司长忧心忡忡地对记者说："和农民的关系搞得这样紧张，是大问题啊！"

大量不容回避的事实，提出了一个尖锐的问题：作为党的十一届三中全会路线最大受惠者的农民，怎么会突然之间同政府、同城市人民关系紧张起来？这究竟是怎么回事？

显然，用"非此即彼"的简单化结论，是难以回答如此复杂的问题的。带着试图解开这个谜、分清今天农村形势主流与支流的愿望，记者在春节前夕，走访了农业主管部门、农村问题专家、基层干部和豫北、冀中一些地区的农家……

一

"城乡关系紧张是客观存在，但是首先弄清楚这种紧张是什么性质。"从事农村工作三十多年的辽西贫困地区一位县委书记说："要论紧张，农村搞食堂化的时期最紧张，'大批资本主义'的时期最紧张，批'小生产'的时期最紧张。那时候，农民种几棵黄烟，干部带着民兵去'拔修根'；农民编几领炕席，要挂着牌子去游街示众，搞得农民没有活路，还有什么比这关系更紧张的？可那会儿为什么没有人去砸乡政府？很简单，在那种政治气氛下，农民敢怒不敢言。他们的不满、愤怒以另一种隐蔽的形式表现出来：怠工，结果是农村生产力遭到大破坏。现在的紧张，性质完全不同，主要是在农民进一步要求解放生产力的愿望同客观条件发生矛盾时出现的，是农民自身地位发生变化以后出现的。"

对这种农民自身地位的变化，人们不难感受：

农民不再是土地改革时期的农民了。——那时，他们在党的领导下砸碎千年铁锁链，为土地还家欢天喜地，为翻身解放感恩戴德。

农民不再是合作化初期的农民了。——那时，他们对出现在面前的一条新奇而陌生的道路充满希望。尽管过急过快过于单一的做法引起过他们的惶惑，但还是在那条路上走下去了。何况为了工业化的大局，当时只有以用低价征购的办法积累资金，农民勒紧腰带作出了奉献。

农民也不再是"大跃进"和三年困难时期的农民了。——那时，他们尽管在共产风、浮夸风、瞎指挥风中吃足了苦头，但是当荒谬的一切被纠正之后，他们还是谅解了，万众一心地拥护政府渡过了难关。

农民更不是十年浩劫时的农民了。——那时，他们不但承受着莫名的政治动乱，而且默默地承受着越来越大的工农业产品价格剪刀差，和越来越重的统购任务，承受着人祸造成的贫困、落后。

为了保证广大农村人民公社三级组织的行为与政府的一致，中央曾组织了大规模的四清运动，但这三级组织的行为越是与政府一致，同农民利益的距离就越大，直至演变成为与农民对立的组织。

矛盾日益积累，终于使农村生产力趋于停滞。

今天的情况是：十一届三中全会以后，一系列旨在解放农村生产力的重大政策，越来越浓厚的民主空气，从未达到过的富裕程度，使得亿万农民的眼界、观念、心态发生了空前的变化。正像一位到过四川的美国专家在《洛杉矶时报》上撰文评论的那样：

"20世纪60年代那种灰不溜秋，神色木然，拖着沉重步子走向公社食堂的形象不见了，代之而起的是穿着鲜艳服装、思想越来越独立的健谈的农民形象。他们似乎并不害怕批评政府。"

我们绝无替那些为了实现自身利益采取过火行动的农民辩护之意。我们只是希图说明这样一个不容忽视的现实：如果看不到农民自身地位的变化，不把他们的某些行动与这种变化后的心态联系起来考察，就会对城乡关系、对国家与农民关系的现状作出不准确的判断。

二

　　然而，这还只是问题的一个方面。

　　更为重要的是，透过"城乡关系紧张"，折射出来的是逐步成为独立的商品生产者的农民中间日益增长的按价值规律办事的强烈要求。

　　十多天前，中国农村问题权威杜润生在人民大会堂面对几千听众，就这个问题作了如下概括：我国农村这几年发生的新情况是，从包产到户、提高农产品价格，到引进市场机制、承认价值法则的作用，使农民进入了商品经济发展领域；与此同时，政府则应当尊重价值法则与农民打交道。这是中国农村改革与发展的可喜趋势。问题在于，因为我们的宏观政策不完善，政府决策中违背价值法则的现象时有发生，这就使得农民与国家的关系，在自然与人为因素的共同作用下，发生一些波动。

　　在河北涞水县同基层干部、同农民企业家探讨这个问题的时候，他们列举了大量事实，倾诉许多肺腑之言。把这些思想概括起来，就是：在人民公社时代，生产队只识别行政信号而不识别价格信号，今天走上商品经济轨道的农民，一方面为自身的需求而生产，另一方面又为市场需求而生产，必然要受价值规律左右，但农民却常常从发育不成熟的市场上得到失真的信号。正如杜润生曾经回顾的那样：1984 年粮食获得历史上最大丰收，仓储、运输、资金周转都没跟上，一时卖粮难，粮价大跌。1985 年农民很自然地大幅度减少了粮田面积，粮产量也大跌，显示出农民对价格信号反应敏锐这样一个重大转变。而另一方面，生猪在粮贱时得以大发展，但又马上随粮食大减而下跌——于是出现了目前城市居民不理解的限量吃肉，然后是引申出的对农民状况和农村形势的疑虑……

当半计划半市场经济使城乡诸方利益冲突渐趋明朗化时，我们不能不注意到这样一个事实，农产品市场的供求双方是不平等的：其一是市民每吃1斤粮，就享受了国家1角钱的补贴，而农民为市民每提供1斤平价粮就少收入1角钱；其二是供求双方对市场变化的适应能力极不相等，市民作为消费者可以因为接受各种补贴而较少地受市场波动的影响。一个很明显的例子是逢年过节职工从单位得到的大大低于市场价格的年货一年比一年多。而农民作为供给者却对市场波动极敏感，当波动的后果使财政无力承担时，就被驾轻就熟地转嫁给农民。这种例子也不难找：去年全国猪肉趋紧，某市靠行政力量向郊区县乡村层层下达平价猪任务，农民无猪可交，只好从市场上买高价猪低价向政府出售。为此，有了"城里人吃肉让农民花钱"的忿忿之词。

山东德州陵县县委书记这样对我们说："中国农民是深明大义、通情达理的，过去曾在那么艰难的情况下，饿着肚子承担对国家应尽的义务，现在日子好过了，难道反而变得'没良心'了？问题是他们的地位变了，越来越不能容忍违反价值规律的现象，这是好事，如果认为这就是农民日益'强悍'了，不听党的话了，那就是不懂得什么是有计划的商品经济。"

三

不论是在珠海白藤湖度假村同西装革履的农民经理钟华生交

谈，还是在告别豫北那个"喝天水"的小山庄时，我们都深深意识到：农村改革已为农村经济向大规模商品经济转变创造了最重要的基础，农户、农村企业都成为经营主体，有了自主权。但现行政策、体制和制度尚未充分适应这一转变，以致在一定程度上妨碍了这种转变，尤其是在农村改革走到了与城市改革的交叉点上，当国家财力难以持续承担一年数百亿元的农副产品补贴时，不免希望农民重新成为产品提供者；当农副产品市场波动给定购的执行带来困难，几分几厘微小的市价变化在财政部被换算成几十上百亿元的冲击力时，有关部门就要考虑重新把农民当成产品提供者而关闭大宗农产品市场，在实际上把市场风险推给农民……

把农民真正看成独立的商品生产者谈何容易！1979年，舆论界开始为把自主权放给农民而呼吁。今天，我们更应面对现实：我国农业生产和经营的主体不是政府，也不是依附于政府的"集体"，而是农户。对于农民，我们不应也不能命令他们去做什么，而应把他们的自主权利作为考虑问题的前提。河南辉县县委副书记杨利川向我们叙说了他的思路："现阶段农民在向商品生产者转变的过程中面临着传统生产手段与社会化大生产的矛盾，由于组织程度差，难以实现集约化经营，经不起市场波动，我们的县、乡政府和村干部，要花大力气用系列化服务、网络化管理等经济手段，提高农民的组织程度，帮助农民克服自身转化中的困难……"

10年前，中国农村经济走到崩溃边缘，是农民自己搞起联产承包冲出困境；违反计划经济本意的乡镇企业，也是农民自己创起来的，没用政府任何投资，而使农村产业结构发生巨变。仅此两件，就足以帮助我们开阔视野看农民：当他们在向商品经济领域进

李东东新闻作品选

军途中遇到城乡利益结构矛盾等各种障碍时，他们会有办法克服的，他们一定会取得在改革中完成向独立的商品生产经营者转变这一历史性进步！

（原载《经济日报》1988 年 3 月 18 日）

南行四题

各得其所

在经济记者出访的日程表上，没见几个经济采访项目，颇感意外；尤其看到多一半时间安排旅游，高兴之余，不免惴惴。此行究竟能有多大收获呢？

岂知，泰国经济路线报刻意安排的接待计划，就使我们长了一番经济眼光。

4 月中旬，适逢泰国佛历新年，如同中国春节一样最重要的节假。"国假" 3 天，再连上一个星期日，也同我国大年三十无心上班做做准备一样，前后休息近一周。总编辑吴明展先生照例要在此时褒奖辛苦一年的业务骨干，一般是选一处风景胜地旅游。50 人出去玩，55 人一起玩，不但费用相差不多，且能使中国经济日报代表团更多地与泰国同行接触，并在游览风光之时感受民俗，两不耽误，各得其所——大约这就是主人把我们一行 5 人的访问安排在"国假"，与主方 50 人同游的良苦用心。

泰国南部行，往返两千余公里，四夜三天，赶路、游览，日夜兼程。主人安排精确：客人下午抵达曼谷，预订的旅游车当晚便启程南行，第一夜的时间和"床腿"费就在夜行车的轱辘下抢出来了。

夜行之后不是昼伏，卸下行李，立即出游。不管多乏，谁也舍不得放弃机会，少不得抖擞精神，玩上一天，结果第二夜睡得特别好，连一向失眠的都顾不上担心睡不着了。

　　这条路线和旅游项目，对于主方也是初次，泰中同行齐游共乐，无所谓主陪客，倒也显得随便、亲切。每到一处，总有人大包小袋买些当地土特产——泰国人自称喜欢买东西，如此，包租旅游车随时收贮，就比换乘火车或飞机上来下去的方便多了。

　　最后一天的日程是返回曼谷，但归途上的游览项目一直安排到晚9点。主人不但挤时间使大家参观了反映泰国特色的海底鱼类博物馆和腰果加工厂，而且专门在傍晚安排了洗矿泉浴，既可缓解一天疲劳，又为夜行打下基础——须知，这第四夜的时间和"床腿"费，仍然要在旅游车的辘辘下抢出来呢！

<h3 style="text-align:center">黄金"无价"</h3>

　　黄金，贵在有价，贵在高价，似已不言而喻。在泰国帮同伴买首饰，问价之余，最感新奇和颇受启示的，却是黄金"无价"。

　　早就耳闻泰国手工艺精巧，饰品加工为最。外国游客，或为家人，或替亲友，总得买点戒指、项链带回。当我们在帕塔雅一家珠宝店向店主询价时，惊奇地得知，单位金价、饰品重量与金饰品的价格不是乘积的关系。这就与中国人观念中的国家黄金牌价 × 首饰重量＝首饰价格——自己都可以算出来，大相径庭了。

　　乍听感到新奇，说开来，原因也不复杂。

　　店主拎起一条项链在灯光下晃晃，在顾客颈上比试比试，发问："你喜欢吗？"换一条再试试："你更喜欢哪一条？"然后才说到多少 K 金，多少钱。

这条 18K 的并不比那条 22K 的重，为什么反而贵呢？"做工精致呀！加工费多嘛！"

加工费究竟在一件首饰里占多大比重？ 10％？ 30％？——对于存有买首饰保值心理的顾客，大抵总想弄弄清楚，以便判定那剩下的百分比里，质、价是否相符。"这就不好说了。每件首饰各有自己的加工费用，可能占 20％，也可能超过 50％，定价时根据款

不拘一格

式、工艺加进去。"

究竟怎么判断买得值不值呢？店主毫不犹豫地以他第一句话作答："当然是你喜欢不喜欢。喜欢，就值！"是的，买"美"，买你自己认定的美——花钱买乐意，大体可以说是泰国人的"首饰审美观"。

经济高速发展同时充满东南亚民族情致的泰国，男女老少，几乎无人不戴首饰。我们在接触与交谈中感受到，他们装饰自己，不是以耀眼的黄金摆阔，主要出于爱美心理。

那么黄金真的没价了？当然不。曼谷东南珠宝行的郭老板告诉我们，国家每天公布黄金牌价，它对金饰品买卖的意义主要在你不喜欢一件饰物要出卖时：先扣掉估算的加工费，再根据重量和当天的金价计算，于是 80 美元买的戒指卖掉时可能只收回 50 美元甚至更少。

但是，这里不计较值不值的问题，因为你不喜欢了么！

注重"软件"

泰国近年经济发展很快，无烟工业——旅游立下"殊勋"：成为第一大创汇行业，今年收入可望突破 1000 亿铢，达商品创汇额的五分之一。

旅游业发达，不独由于泰国旖旎的热带风光和特有的佛教文化；也不仅是逐步雄厚的经济实力造就的食、住、行类"硬件"设施；旅游从业人员的敬业精神————般称之为"软件"的部分，其高质量、高效率，不能不说是这个 5000 万人口的国家年接待游客达 500 万的重要条件。

我们在短短一周时间里，管中窥豹，领略了泰国人民的热情与周到。

　　两千多公里泰南旅程中，不论是连续五六小时长途行驶，或是两个游览点之间半小时路上，日月旅行社的导游小姐总是笑容可掬面向全体乘客，不断介绍沿途风光，组织"车厢娱乐"；每当大家玩得满头大汗回到旅行车时，面前的水杯总是添满了冰水；汽车发动，导游小姐悦耳的女中音又响在耳边……令人感佩的，还有那长达两三小时的"站功"：除了旅客自己玩乐时她间或坐下几分钟外，数日行程中，车厢前方始终是她手持麦克风亭亭玉立的身影。

　　濒安达曼海一侧的甲米府沿岸，有许多当地称作"海上桂林"的大小岛屿，政府把不少景点包给私人经营。当游客步入披披岛溶洞，打开相机镜头盖时，管理人员不失时机又绝不使你难堪地示意：可以拍照，但不准用闪光灯。这样，即使没有注意到洞口"告示"的游客，也不致因唐突用灯而惊走燕子。低飞盘桓在洞中的泰国国鸟燕子，长期与人"和平共处"，既是这个景点的特色，燕窝又保证了山洞承租人的主要收入。

　　玉佛寺、鳄鱼湖，这些游客必到之处，人确实很多，但在及时礼貌的疏导下，你并不感到拥挤；天热得人冒汗，但更为周到的接待，使你不致烦躁……"国寺"门口，站着我们此行唯——一次见到的泰国士兵，他们一方面执行警卫任务，大约同时也有英国白金汉宫卫兵那种略含点缀的意思。他们戎装簇新，身姿笔挺，嘴角不时浮出一丝友善的笑意。

不拘一格

同为发展中国家新闻工作者，我们从泰国同行那里，得到一些有益的感受。

吴明展先生和夫人罗小玲女士，办报，也办实业。办报，取"用人不疑"之策，交给编辑班子，层层负责；广告发行队伍中多为年轻人，四方招徕，八面出击，支撑着报纸的经济来源。吴先生器重的广告部门负责人差温，不到30岁，而聪明活泼的公关小姐阿班，刚刚20出头。

习惯上，一般是不问对方收入的；处熟了，为了解泰国知识阶层经济状况，我有分寸地探问老板如何给部属开工资。主人直言相告，刚招考来的大学生，月薪多少；干得好，两三年后升至多少；特别能干的"中层干部"，收入达到多少……听得出，这里的雇佣关系不完全像西方社会，而充满发展中国家特色：招进来了，即使工作成绩不理想，只要本人没找到地方挪动，就不轻易"炒鱿鱼"；薪水，只有加得快慢之别，"不可以降的，不然关系就紧张啦，大家和睦相处才好啦！"罗女士这样说。

看得出，他们的上下级关系处得不错。老板在陪同我们拜访商会或出席正式宴会时，衣冠楚楚，颇讲仪表；而在"国假"期间与部属同乐，即使有我们这些"外宾"同行，总编夫妇也与年轻人一样，概不例外的T恤、短裤、"拖拉板"，花花绿绿，嘻嘻哈哈，全然不见了"老板"的派头。

办实业，做生意，当然要赚钱。为此，吴先生的日程表排得够紧的：送走我们后，马上飞赴日本谈生意；紧接着，利用"五一"

节放假加周末的两三天间隙，访问中国，洽商合作……

事业发展，吴先生夫妇时常想到为自己的故乡中国、为泰中友谊尽绵薄之力。他们与香港、大陆贸易往来多年，向中国厂家投资，还捐助家乡办教育、盖学校，同时编印书刊，介绍泰中经济文化交流。

在我们踏上归程前，简朴的饯行宴后，主人以泰国礼节给每位客人手腕套上茉莉花环；比这清香雅致的花环更有意义的，是主人赠送的经济路线报编辑出版的泰国"华人二百年"特别丛书——记载了中泰两国世代渊源和广阔的合作、发展前景。

（原载《经济日报》1990 年 6 月 17 日）

何吝"开口"之劳

新年伊始，借着"我们的生活比蜜甜"的心劲儿，我兴冲冲地到北京名茶蜂蜜商店买散装蜜。借鉴上次来此观察到的顾客买蜜之经验，我带的容器由雀巢咖啡瓶改为塑料桔汁桶，其容积约为大号咖啡瓶的两倍半，有把手，易携带。

装修一新的商店门脸儿，雕梁画栋，煞是漂亮，店名还未竖起，但玻璃橱窗上，左"茶"右"蜜"，很是醒目。时为元月2日，顾客不多，五六个人，都是打散装蜜的。

轮到我了，售货员麻利地取一漏斗，插进桶口，将一大勺蜜灌满漏斗，朝我一声："扶着！"就去招呼下一位了。眼见塑料桶稳稳地立于柜台，漏斗稳稳地架于桶口，自忖无须去扶，就站在跟前观察：大约两三秒钟，漏斗中蜂蜜的水平面上鼓一小包，几乎同时，漏斗颈流下去一小缕。自然，蜜比水、比油都稠，流得慢，不必傻看着，我就在店堂里溜达了一圈。

待到把全国的名茶种类及其等级及其价格都了解过了，捎带着欣赏完紫砂茶具，踱回蜂蜜柜台时，我感到有点不妙：塑料桶里只有不到四分之一的蜜，漏斗显然是又刚灌满，依然在缓慢地一缕一缕向下流。照此速度推算，怎么也得半个多小时才能装满，而我实在难以设想为打这桶蜜费这么多时间。

仅剩我这一位顾客的店堂里，数倍于我的售货员们叉手谈笑着。着急与尴尬的同时，我得决定怎么办？等下去，实在不甘心；打半桶蜜就走，冤枉跑这趟，且已耗去一刻钟。于是又推想，以前见的用这种塑料桶买蜜的顾客，难道人人都花这么多时间？如果不是，就该找找自身原因了。

我默念着：液体在进入容器时，须排出同体积空气。蜜流入慢，是因为空气从这么黏稠的液体中透出去很困难；尤其我辈挣工资之人，买的又是便宜的枣花蜜——低价蜜比价高的更稠。那么，是不是可以另想办法排出空气？还有，漏斗会不会用久了有点堵塞？

于是我试探着发问：

"同志，蜜流得这么慢，是不是您这漏斗有点儿堵？"

"没堵！"

"那是不是因为枣花蜜最稠，空气更难排出，所以流得慢？"

"有点儿这原因。"

"如果把漏斗提起来一点儿，空气不就可以从漏斗管四周出来了吗？"

"说得是。你自己提呀！"

回答简捷明了！原来他全知道——他或许不必像我那样琢磨液体黏稠度、空气透析学，他凭实际操作已积累了经验——但就是不肯放下叉着的手，不肯稍停谈笑的口，提携赐教我辈经验不足之顾客。

接下来就简单多了。我把漏斗提离桶口，十几秒钟，蜜就流下去了，而后售货员又舀一勺蜜灌满漏斗，叉手观看，我便再提起漏斗……如是者四次，费时不到两分钟，桶里蜜满，称分量，交款。

学也无涯。提着使人长见识的蜜，我环视了一下空荡荡的店堂和依然谈笑风生的诸位售货员，迎着冬日淡淡的阳光，踏上归途。

（原载《经济日报》1992 年 1 月 22 日）

江山代有才人出
各领风骚三五年

今日"华夏第一镇"

李杜诗篇万口传，至今已觉不新鲜。

江山代有才人出，各领风骚数百年。

这是清代史学家、文学家赵翼《论诗》中的一首。一段时间以来，人们挺顺手地将其末句，改为各领风骚三五年，来形容改革事业中层出不穷的先声夺人之事。寻思起来，这样的发展规律，似乎更适于经济建设领域。

不久前，记者采访了苏州最南端的丝绸古镇——吴江市盛泽镇。在京时，友人邀我去看看盛泽，介绍它是这两年的"华夏第一镇"，是丝绸之乡。当时我对以数字所表达的"第一镇"的经济实力，缺乏真切感受。兴趣在于，既然中国有以"丝绸之路"为标志的灿烂的贸易史，那总该去见识一下丝绸的故乡吧，毕竟有丝绸才有丝路嘛！

日出万匹，衣被天下

实地寻访，果然不虚。这里的乡镇企业数量多、规模大，但产品并不复杂，80％以上是丝绸及仿真丝面料；118 家镇办村办企业中，从事丝绸织造、印染深加工的就有 95 家。这样的产业结构，着实需要它的决策者有点眼光与魄力，因为品种相对单一，难免要比"多种经营"的产业结构承受更多的市场风险。

可盛泽人挺自信。他们远有祖先"晴翻千尺浪，风送万机声"的生产规模，"入市交易，日逾万金"的市场传统；近又潜心研究欧美资本主义发展的成功经验，认定在社会主义有计划商品经济的大背景下，以专取胜同样不失为一种发展模式。

真是天时地利人和——这里水土好、空气好，于是桑好蚕好丝好；世世代代靠"丝"吃"绸"，练就婆婆妈妈姐姐妹妹们聪慧的心、灵巧的手。再加上关键的一条，改革开放带来了机会也带来了新的技术和设备，小农经济所无法比拟的规模和效益在古镇迅速生发开来。

7 万人口的盛泽镇，目前年产各类丝织品达 7300 万米，年印染能力超过 3.34 亿米，国民生产人均产值超过 4 万元，乡镇企业全员劳动生产率高达 5.5 万元。

以上数字如果还难以使人作出判断，那么以下比例，或许更能说明问题：作为吴江 23 个乡镇之一的盛泽镇，它的产值占吴江市近 1/4，税利 1/3，而丝绸出口，则达到全国的 1/5。

热时不热，冷时不冷

这个镇的工业，是 20 世纪 70 年代开始发展，80 年代不断壮大的。从 1985 年仅 1.63 亿元工业产值到 1991 年超过 15 亿元，表明在 80 年代中后期国家宏观控制经济规模的大环境下，它没有"冷"下来，反倒成功地积聚实力，在 90 年代第一春成为全国第一个超 10 亿元镇，并在 1991 年以 50% 的速度发展，成为工业产值

15.67 亿元、工农业总产值近 30 亿元的"华夏第一镇"。

这个发展过程，说复杂，也挺复杂挺艰难；说简单，差不多可以概括为 8 个字：热时不热，冷时不冷。这是农民出身的镇党委书记吴海标的思路，也成为领导班子把握盛泽经济发展的"温度计"。当 1985 年后不少地区发展经济的那股"热"一下子降温时，吴海标和他的同伴经过认真分析，这样认为：国家实行宏观控制是根据全国国情而定，盛泽镇应当同时考虑自己的镇情，不能一刀切，束缚正在发展的步伐。据此，他们积极地在丝绸古镇上创造了有效投入越快越好的小气候，1985 年当年就根据在盛泽建起的全国最大的化纤丝绸市场——东方丝绸市场的配套要求，投资 500 万元建起东方丝绸印染厂，办厂第三年就跻身全国乡镇企业前 10 名。

此后几年，年年有投入，年年有发展。仅去年一年乡镇工业投资就达 1.2 亿元。名列全国乡镇企业第二名的盛泽印染总厂，1991 年投资 4000 万元引进 100 台喷水织机，今年又投入 6000 万元引进年产 3000 吨的纺丝生产流水线。目前全镇近 4 亿元投入资金都处于良性运行状态，118 家企业，厂厂盈利，资产自有率高达 80%，发展后劲很足。

这个镇还在 1988 年投入 780 万元，筑起防洪堤，经受了去年特大洪涝灾害的考验，单季稻单产 555 公斤，创历史最好水平；农业产值 5762 万元，多种经营总收入达 9000 多万元。

用人之道，惜才容才

盛泽镇党委书记吴海标在谈到事业发达靠人才时，说了四句话，不管是他的创造还是融会贯通别人的思想，都值得一录：

> 有德有才者惜才
>
> 有德无才者容才
>
> 无德有才者忌才
>
> 无德无才者毁才

惜才、容才的胆识与气魄，使吴海标和他的一班人，坚持"用好一个人，胜过办好一爿厂"的思路，坚持"有什么样的人才就上什么样的项目"的做法。

譬如，这个镇的南郊有个丝织厂，离镇远，剩余劳力多，有条件再办个厂加速当地经济发展。在定项目前，镇党委首先考虑干部人选，确定了有相当经营管理能力的沈金根为新厂厂长后，再正式立项。结果，从开办到100台织机正式投产，仅用了70天时间；两年就收回了投入资金。1991年，这个厂已拥有固定资产720万元，成为产值2000多万元的中型企业。

在"惜才""容才"的氛围中，这个镇一批能人得到重用，有盛泽印染总厂厂长、全国农民企业家徐关祥；吴江工艺织造厂

厂长、全国农民企业家姚德荣；产品质量在同行业中处领先地位的目澜丝织厂厂长、优秀女企业家范文英等等。全镇还有 80 多名个体经商者相继回到集体，为家乡经济发展积极作贡献。

停留时间仅两天，但感到这个镇可写之处挺多，只能挂一漏万，到此打住。

有一点需说明的是，经过此番采访，弄清了盛绸与杭纺、湖绉、苏缎齐名，盛泽镇成为我国四大绸都之一，是发端兴旺于明清两代。盛绸的外销则是依靠明朝中叶以后海上交通的发展，销售方向主要是东南亚诸国，这就与人们一般概念中西出阳关的古丝路没有直接联系了——当然这并不掩盖盛绸在广义的"丝绸之路"贸易史上的光彩，何况今天它更加绚丽斑斓。

其次，我印象中 20 世纪 80 年代前期无锡前洲乡曾是中国第一乡镇；据新闻界同行的信息，其后又有广东顺德的两个镇相继获此殊荣。那么，已戴两年桂冠的盛泽镇，在百舸千帆的竞争大潮中，将再领风骚多少年呢？

（原载《经济日报》扩大版 1992 年 5 月 13 日）

惠阳三绝

"自从东坡谪南海，天下不敢小惠州。"

上星期，记者去广东惠州市惠阳县采访，所见所闻，深有感触：历史上因著名文学家苏轼贬谪岭南而世人不敢小看的惠州，今天，以它改革开放的大气魄，格外值得高看一眼。

解放后，惠州地区行政建制几度变化，当年东坡先生居住的惠州府，即今惠州城区，一直属惠阳县，两年前还是县委县政府所在地。现在，迁至淡水镇的惠阳县城，像个大工地，正处于大规模建设之初；而濒临大亚湾最"热"的沿海投资开发区，正是惠阳县的淡水、秋长、澳头港……

紧靠深圳的惠阳，在邓小平同志南方重要谈话精神鼓舞下，加快开发开放的热情与场景，走马看花尽入眼。其中，各级干部的无私、无畏、无挂，留给我的印象最深，堪称三绝。

干部你大胆地向前走

改革开放以来，广东得风气之先。粤人实际，粤人胆大，"发发发，大家都发财"，这类话语，百姓出自内心，口无遮拦。可要是从干部嘴里说出，就显得与内地格外不同了。

正是在不少地区恐怕姓"社"姓"资"弄不清爽而举足趑趄时，

惠阳县干部念着惠阳发展、大家发财的"经",义无反顾地带领群众,搭车赶路般向前奔。

说义无反顾,不是故作惊人之语。请看这个县具备多好的发展经济的基础,同时又曾多么的穷:它有毗邻港澳的地理位置,深水良港的自然条件,它腹地宽阔,淡水资源丰富。可又由于它地处军事前沿,国家多年没有投资建设,1978年前,每人每月30斤口粮,8分钱一个工日;1984年,县财政仅收入800万元;1985年,全县还没有一条上等级的公路。

这样的状况,怎不催人奋起,当地干部,哪个还坐得住!

土生土长、精明强干的女县长,姓林名惠纯,38岁。她7年前进班子,分管财经工作时,接过的就是那800万元财政收入的底子。此后,是1986年的1000万元,1987年的2000万元,去年的8000万元,今年预计的1亿元!数字背后的工作,工作中的酸甜苦辣,她和县委书记郑永和、副县长黄锦辉,心里最清楚。

林惠纯动情地说:当初我为了十万八万,甚至三万五万元的拨款,四处求告,后来下决心改变思路,贷款搞建设,引进外资上项目,局面很快打开了。这中间,经手决策成百上千万元,谁能保证没有点失误，可我们的班子团结，干部齐心，大家互相保护，互相补台，个人就没那么多患得患失，一门心思搞经济，让惠阳老百姓富起来，大家"发财"！

放手干，别担忧

每天早晚，从惠州市到惠阳县的公路上，车流里跑着许多接送县里干部的车。搬迁不久的惠阳县，忙着建的尽是合资企业的厂房住宅，各级干部的家，大都还在市区。他们风雨无阻，早出晚归，遇急事要事，夜不能归。

从县委县政府领导，到职能部门工作人员，到司机炊事员，我们接触中听到，为了公务，为让群众"发财"，常不能回家吃晚饭，挨妻子丈夫"骂"的，人人皆有；挨"骂"而仍不能归者，在在皆是。

天天发生、人人难免的事，例子太多，没法列举。只说一个特殊的，"一百单八将，一百零八项"——在外，轰动香港，影响远及海外；对内，多少有点僭越体制，冒"先斩后奏"（即边干边报告）之风险。

这件事，全称"惠阳对外贸易技术项目合作洽谈会"，简言之，惠阳县的"香港招商会"。5月下旬，惠阳百人赴港的这一举动，以年初淡水镇在港招商会"探路"。那次是30岁刚出头的镇党委书记张添才的杰作，结果是载誉香江，港人有谓之为大陆在港招商第一镇的。

小镇不小。张添才1月、5月两度"誉满香江"后，当仁不让地称，今日深圳，明天淡水。这话有许多硬的数字与软的评估作支持，是另一篇大文章，此处不赘述。

再说惠阳为大规模吸引外资扩大开放，108人4天签了108项合同，本身是个数字巧合。但108人出去，可是费了心思的。按程序报市政府，批准；再向上报，就有日子等了。惠阳三下五除二，组了两个旅游团，解决86人出境，再加上县里全部22份公务护照，108人闯香江去了！过境后，向有关领导部门汇报，又取得支持。全体动手摆展台，以第一天突破30项，第二天20多项，第三天总数84项，第四天争取过百，闭幕时刚巧108项而大获全胜！一次招商会，合同利用外资达14亿美元，对一个县可不是小事。

这种听着替他捏把汗，其实干得挺扎实的事，副县长黄锦辉处之泰然，用他的话说，法无常法，有时候，少管点就是最好的管理。

背后没人"开枪，为你送行"

"我们这里的干部，上下同心，新老同心，只盯工作不盯人，你尽管向前看，背后没人开枪为你送行。"——在惠阳吃第一顿饭听第一位干部讲这句话时，逗得我差点喷出嘴里的汤。后来，在严肃的、轻松的不同场合，听不同的干部数次提起，我就不再为巧用这电影片名而发笑，实在感到这是惠阳人从切身体会中提炼出来的警世之言。

譬如，惠阳的干部说起，现在常讲"党委点戏，政府演戏，人大审戏，政协评戏"。惠阳可是大家一同演戏，加上纪检委，五大班子都是导演，也都是演员，只不过有的搞经济，有的为搞好经济保驾护航。

譬如，惠阳的干部感到，经济发展到一定程度，个人发展的路子很多，价值观和自我评价都发生变化。老百姓选你干三年，应该努力干出点名堂；如果没搞好，就辞官去从商，有本事一样过日子，还不耽误群众"发财"。

再譬如，惠阳的干部提出，改革中应当为干部提供有效的保护层，而他们自己已体会到了这种保护，很有安全感。叶选平同志说过，广东的改革开放不是某个层次的，是全社会的。省市领导开明，群众拥护认同，中间层不梗阻。对干部，只要不贪污受贿进自己腰包，工作上的问题是什么算什么，不会变着法儿把人往死里整。

当然，惠阳不是一个和气面团，也调过队伍、动过班子，调整的结果，是从县到乡到企业，大家没有后顾之忧，没人像鲁迅先生那样被迫侧身站着，更没有人遭遇东坡先生的命运：老老实实待在惠州闲差上。只不过将世事看开了，作了首"日啖荔枝三百颗，不辞长作岭南人"的绝句，就被认为整得还不够灰溜溜，又毫无来由地被再贬一次，直贬到海南去……

三天时间，走马看花，觉得惠州好，惠阳好，干部精神状态尤其好。带领群众搞建设，大家一同富起来，20世纪90年代新一轮，世人真不能小看大亚湾畔这块热土了。

（原载《经济日报》1992 年 6 月 13 日）

20 世纪 60 年代中后期，道光进士李鸿章先后署两江总督，任直隶总督兼北洋大臣，掌管外交、经济、军事大权，开始兴办他谓之"自强求富"的洋务事业。1865 年，江南制造局即今江南造船厂诞生了。但当时腐败的清廷无力造船，只能向欧洲列强买船。

127 年后，中国船舶事业历经百年沧桑，在新中国四十多年建设，特别是改革开放十余年长足发展的基础上，中国制造的船舶在质量和技术上已达到国际水平。2300 万吨位"MADE IN CHINA"的各种舰船，组成中国的船队，加入外国的船队——

驶向大海

新中国的造船工业，主要由原六机部、现船舶工业总公司统辖。麾下两大著名造船厂：北有"大船"——渤海湾畔的大连造船厂（现分为新老厂），南有"江南"——黄浦江边的江南造船厂。

目前，"大船"规模大，而"江南"资格老。当记者采访江南厂第 36 任、也是历任厂长中最年轻的厂长孟辉时，自然而然想知道第一任厂长姓甚名谁。一问方得知，这位老厂长也是——

中国第一任造船厂厂长

　　那是在一个多世纪前，安徽才子李鸿章追随曾国藩起家，十余年间，由在籍办团练与太平军作战，累升至中央政权重臣。1865年署两江总督，1870年任直隶总督兼北洋大臣。大权在手，开始兴办近代军事工业，逐步扩大他谓之"自强求富"的洋务事业。于是，江南制造局、轮船招商局、天津电报局等企业先后诞生。

　　建于1865年的江南制造局，即是后来江南造船厂的前身；以清廷重臣身兼局长的李鸿章，就是江南厂排至今天36任厂长的首任。需要说明的是，"首任厂长"主事时，"江南"并不造船，而以制造军火为主。

　　当日本明治天皇的海军司令身体力行上船台干活儿，鼓舞工人造铁甲舰时，腐败的清王朝并不关心海军建设，也无心造船，李鸿章遂派遣海军提督丁汝昌赴欧洲买船；那多方筹措的买船款子，又多半被慈禧太后挪走建了颐和园。

　　终于，有120多年历史，清末即已改为船厂，技术力量和工业基础雄厚的江南厂，今天不可能建造6万吨级以上的大船了。原因在于首任厂长的选址——厂址不濒海，却靠在江边。李鸿章初衷不在开船厂，又不可能预见百年后的发展：大船下水要有一段滑行距离，即使拽着它慢慢下，也要冲出几百米（随着吨位增大，可撞出千米以远）。黄浦江就那么宽，江南厂对岸是上钢三厂，自然，新船与钢厂，哪个也经不起碰撞。

　　于是，可能这位老祖宗偶然闲步江边择定的这段浦江的宽度，便决定了今天船舶总公司把造10万吨、20万吨级以上大船的"战略重点"，北移至大连，江南厂则在 6 万吨级的范围里施展。当然，绝大多数高精尖的科学考察用船和海军舰艇，远在这个吨位以下，因而，军工老厂"江南"仍然大有作为。

中国可敬的造船工人

20 世纪 90 年代第一春，大连海滨接待了前来休养的山西煤矿工人。矿工们在洗海澡、赏海景之余，参观了大连造船厂。他们上船台，看船坞，在喧嚣、繁忙的工地上逡巡。当一名井下采煤工从一艘 6 万吨级油轮双层船壳那狭窄的焊接作业面里钻出时，惊异地说：咱们自来认为下井挖煤最苦最险，谁知还有人跟咱干一样苦的活儿！

这就是造船工业。

这就是造船工人。

不论几十年来国家船舶工业发展方针如何调整，诸如租船、买船、修船或造船的利益比较，还是军工转轨变型，把企业推向市场；不论近年来科技发展如何迅速，造船业的科技含量也不断增加，但船毕竟得在船台上造，一段段船体，一道道焊缝，一条条线路，一遍遍油漆，工人们不分寒暑，仍须栉风沐雨在船台上操作。

最脏的活儿是抛砂。远洋船在海水里航行，船身油漆从质量到工艺都非比其他，要经得住盐水浸泡，尽量推迟生锈、剥落、生长附着物的时限。大船在船台上施工数月，先要漆两遍，下水后装修又数月，风吹日晒，交船前得把已斑驳的漆皮抛光，再喷最后一道。

抛砂工悬吊在巨大的船体侧壁，相当于三层五层、十层八层楼高的地方，在超过 100 分贝的强噪音里，紧握着震得手发抖的喷枪，顽强地向着钢壁喷射铁砂，任由强大的反冲击力夹带着粉尘漆屑打向自己。我注意过一位扭头擦汗的年轻人，他那仅牙齿和眼白保持白色的黝黑面庞，与井下采煤工相差无几。

最苦的是钻在双层船体钢壳1米左右间隙里的电焊工。随着油轮在海上石油泄漏事故的增多，国际航运业对大型油轮要求改为双层船壳，万一撞坏外壁，还有内层保证不漏油。这无疑是对人类赖以生存的海洋的保护，却难免增加造船工人的艰辛。

酷暑严寒，技术过硬、意志坚强的电焊工们，就窝在那蹲着、跪着、躺着都难受的作业空间里干，一块块钢板在他们手中的焊枪下，在刺眼的电弧光中，合成了天衣无缝的巨大船壳。

大连造船厂宣传部长曲冬魁告诉记者，改革开放后第一艘"冲出国门"的万吨级出口货轮长城号，在航运中遇过4次海事，检查结果，焊缝处无一断裂，足以说明我们造船工人的焊接水平。

江南厂厂长助理温绍海陪我登上几十米高的塔吊俯瞰工地时，感慨地说：当今欧美国家，人均年收入2500美元以上的，一般不搞造船业了；日本、韩国干，但招聘工人很难，报酬很高。我们的工人多可敬，工作条件艰苦，工资收入也不高，一代、两代，有的家庭三代人，就这样祖祖辈辈为国家造大船。

中国开放需要造船业

新中国成立后，政府部门乃至国家领导，在租船、买船与造船问题上，有过不同意见。在当时的历史条件下，可能都不无道理。而改革开放的中国，人均收入不到 400 美元的中国，看来实在需要自己的造船业。

船，是海上的陆地，人们正常生活与工作，包括旅行、科考、军事用途的一切设施，它必须具备。从基础说，它需要船体、动力、控制系统，于是，它将推动冶金、机械、仪表、电子工业的发展。内部设施，需要满足人的居住餐饮，"大进大出"，小到杯盘碗盏，大至马桶浴缸，于是，林业、建材、轻纺、装饰等等行业，也将一显身手。更不必说高科技的科学考察船，水面水下的军用舰艇，将对自动控制、导航设备以及卫星通讯等，提出种种新的要求。

中国地广人众，多年来排在前面的是粮食、钢铁、石油、纺织等行业，造船似乎离支柱产业远了一点儿。但毫不危言耸听的是，日本和韩国在二次大战的废墟上，是靠造船业带动上述相关产业，奋战 20 年，迅速恢复与崛起的。

不论在未来的日子里，造船业将在我国经济全局中处于什么位置，有一点可以确认：中国有能力造船，造高水平的船，造高水平的大船。

20世纪五六十年代,由修到造,由造小到造大。1958年大连造第一艘万吨货轮,买日本的图纸,自己的土设备,曾有千人上船台的壮观场面,58天装起船壳。

70年代初,可以生产3万吨以上民船,并以军为主,从造小炮艇到导弹潜艇到导弹驱逐舰。

80年代的典型说法,就是能造10万吨以上的船了。为挪威船东造的11.5万吨和11.8万吨成品油轮的下水仪式,着实让国人在电视屏幕前兴奋了一阵子。

还有不大为人了解的是,大连厂可以在10万吨半坞式船台上造15万吨的船,目前正为比利时船东赶造两条,明年交船,创汇将达船舶工业系统1/4。

吨位大是一个标志,科技先进是另一个标志。"远望"号参加国家重大科研试验12项,并成功地为"亚洲一号"卫星发射提供海上测控服务;"向阳红"10号为我国首次考察南极立下汗马功劳。江南厂近年批量建造的6万吨级出口船,以"中国江南型"列入国际船型,被视为迈入世界先进的造船技术领域。

获得挪威船级社(DNV)认可,是国际船舶业公认的质量标准之一,目前世界上有7个船厂获得,中国大连造船厂为其中之一。

1989年夏,发生于北京的政治风波一度使外商对中国政治经济局势持观望态度。就在首都街头"共和国卫士"祭坛还没撤去的时候,美国Lasco公司总裁刘易斯电传致意江南厂,提出将该公司定购的两艘65000吨巴拿马型货船改名为CHINA PRIDE(中国自豪号)和CHINA GLORY(中国光荣号)。这或许是他以西方人的方式对中国造的船，对中国的造船业，以至对中国人民一种发自内心的信任与友好的表示吧！

　　"到 20 世纪末，中国船舶工业的奋斗目标是进入世界先进造船国家行列。"船舶总公司副总经理陈小津这样告诉记者。他说，在改革开放方针指引下，"六五"期间，民船出口上了一个台阶，"七五"期间，军船出口又上了一个台阶。90 年代，国际国内形势为船舶工业发展提供了良好机遇，我国船舶工业处在一个新的发展时期，不仅要在出口数量、质量、技术性能方面有更大的突破，还要在航运、金融、房地产等方面进一步向海外延伸，逐步把总公司办成一个在国际上有影响的跨国集团。

　　去年 10 月，朱镕基副总理在听取船舶工业情况汇报后指出，船舶工业是值得支持的行业。陈总充满信心地说，看准了，就要下决心增加投入，把它作为出口支柱产业，作为发展交通、能源的配套产业予以扶持，大力发展。

　　中国船舶工业大有希望。

　　　　　　　　　　　　（原载《经济日报》扩大版 1992 年 9 月 9 日）

谢谢了，华西村！

　　江苏省江阴市华西村，我在从事新闻工作之初，就知道了这个名字；随着时光推移，又渐渐知道了这个名字代表的物质、精神文明的内涵。遗憾的是，种种原因，十余年来，未能与华西谋面；直到今年9月，我受现在挂职工作的湖南张家界市委委托，送40名乡镇干部"求学"华西，才踏上苏南这块小小的土地、又是全国赫赫有名的村庄。

　　华西村面积0.96平方公里。在这刚巧占祖国版图一千万分之一的"袖珍"地域，我目睹华西人紧紧张张、忙忙碌碌地建设家园；参加了华西村与中国扶贫基金会合办的陕甘宁晋百名干部培训班结业式；又亲身感受了华西人如何真心实意地向湘西人传授在社会主义市场经济条件下办好乡镇企业的经验，方知名不虚传。

　　至此，我觉得应该代表张家界市，诚心诚意向华西道声谢了。可是，受人之惠，以文回报，是否难免急功近利之嫌？那么，让我们把视野再放开一些，看看华西的思想与实践，在中国农村历史性变革中留下了怎样的轨迹；让我们问一句：华西，你究竟意味着什么？

　　有人说，华西富得像个梦；有人说，华西富了愿帮穷；有人说，华西始终坚持集体道路；有人说，华西特别注重精神文明……

　　华西是富了，早已步入"小康"——不到 1500 人的村子，今年产值超过 15 亿元，到 1996 年建村 35 周年时，将达到 35 亿元。但华西人是从贫穷困顿中干出来的，他们的可贵之处更在于富足之后仍然苦干，直干了 33 年。他们图什么呢？全国劳动模范、村党委书记吴仁宝说，干了几十年社会主义，图的就是人民幸福。华西的"幸福观"有三条土标准：生活富裕，精神愉快，身体健康。就拿华西大多数农户住的三层楼别墅式新居来说，400 平方米，前有车库后有庭院，这不是为了摆阔气，而是力图通过自身的实践，说明中国农民在改革开放的新时代，有能力创造财富，也有权利享受舒适。"再说，农民住这样的房子，不是恰恰证明了中国官员的清廉吗？政府的部长们，住房标准还不如我们这里吧？"老书记幽默地笑了。

　　华西的帮穷，早就出了名——从先帮左邻右舍 5 个村开始，发展到"处江湖之远则忧其君"，主动为国家"八七"扶贫工程出力。村里吸收了 4000 名劳力就业，再为不发达地区一批批培训干部，争取以一带十、百带千的方式，到 2000 年解决 10 万人脱贫，1 万人奔小康。我能感到华西这样做确实出于对"社会主义就是共同富裕"的深刻理解，但又总想"挤"出点其他思想，譬如，其中是否含有扩大宣传的成分——当然，市场竞争中，宣传自己也是应该的。可吴仁宝的回答却简洁干脆："帮助别人也是帮助自己，我们的目的是既扶贫又交朋友，互惠互利。"华西领导层早已取得了这样的共识：中国发展市场经济的前提是社会主义，这就从根本上有别于资本主义的尔虞我诈，以强凌弱。广交朋友是为了共同发展，长期发展，朋友也是资源，是财富；交朋友，交富也交穷的，交中国的也交外国的；交新朋友对华西进一步发展有帮助，而在华西困难时帮过忙的老朋友，更要永远不忘。

联产承包十来年，华西仍然搞集体——不了解情况的人，难免由此得出华西人思想不解放的结论。但实践是检验真理的唯一标准，华西的选择及其结果，证明的确实事求是、从自己的实际出发，而且在具体做法上，棋高一着。华西人坚持发展集体经济，但实行"一村两制"，并不限制搞个体。他们的体会是，搞集体虽然不如个体那样发大财，但风险小，不会今天百万富翁，明天两手空空；每个人都发"中财"，全村就形成了健康富、长期富、共同富。

事实上，华西已经避免了或说没有出现一些地方少数人暴富、多数人仍未脱贫，边前进边艰难地解决两极分化的现象。华西村没有贫困户，没有暴发户，只是富裕程度不同的现实是：农户住三层楼与两层楼的区别；一家一辆轿车与两三家合用面包车的区别；家庭资产百万元与几十万元的区别。

人总是要有点精神的——在大大方方、急急忙忙地赚钱，说话走路速度都比别的地方快的华西，却同时充溢着一种想方设法摆脱传统的农民的局限，提高道德素质，完善自身修养的氛围。全国独一份的"精神文明开发公司"，对干部廉洁自律的监督，各种村规民约；办教育，兴文化，送青年人到外地外国深造，等等等等，毋庸赘述；只说华西农民公园中，为历史上忠孝故事建亭塑像，与体现共产党人艰苦奋斗精神的"建业窑"共筑一园，就可以看出华西人兼容并蓄，汲取民族精华，以塑造新形象的良苦用心。

今天，当我用新闻记者和地方干部的双重身份来观察华西时，就有了较前不同的感悟。这个"江南第一村"，不再仅仅是我的采访报道对象，而为我和从事地方工作的同事提供了某种参照：我们那里也正在致力于加强农村基层党组织建设，正为脱贫致富奋斗，正在认真研究如何坚持"两手抓，两手都要硬"，避免以牺牲精神文明为代价换取经济的发展……至此，我们终于可以在这事关农村大局的层面上，对华西村的示范意义，坦然而中肯地道一声：谢谢了，华西！

（原载《人民日报》1994 年 10 月 10 日）

熊壁岩上一堂课

　　1994 年，我从工作了 10 年的《经济日报》到湘西北张家界市挂职，当了两年市委副书记。回京以后，朋友们问起我，在这段难忘的经历中，感受最深的是什么？我的回答是："严重的问题"不止是教育农民，更重要的是教育干部自己。

　　张家界是新开发的旅游胜地，辖境内仍有不少土家族聚居的偏远山区。那里交通闭塞，经济困难，文化落后。离京前，我对即将开展的工作作了个基本设计，那就是一定要用新的知识和开阔的眼界，去教育启发农民，唤起他们的改革意识，组织起来脱贫致富。

　　谁知事情的发展恰恰相反：不是我这种书生意气的干部教育了农民，而是农民的实践教育了我。

　　一次，永定区委书记告诉我，他那里有个叫熊壁岩的贫困村，全村农民居住在高寒山顶上，处于半封闭状态，区、乡正和村里一同着手解决脱贫问题。他希望我能和区里同志一起上山，看望一下乡亲们。爬山上路，才真正体会了什么叫山高路险，也才明白了山上为什么至今"与世隔绝"——这唯一的通道，需要整整爬半天时间，险要处常常手脚并用。这是土家族山民在原本没有路的地方踩出的路，是他们与外界沟通的生存之路，看来也是制约他们发展的主要因素。

爬上熊壁岩，我们走村串户。部分群众生活的困难程度，使我感到意外，心里很沉重。但同样令我意外的是，淳朴热情的土家族兄弟，老老少少，没有哭穷要救济的，大家的话题只一个：开山修路！村支部第一书记（党的基层支部除了书记外还有"第一书记"，熊壁岩可能是个创举，这是乡里派副书记上山兼职，不脱贫不下山）总结了原因："区、乡搞了两年科技扶贫，山上反季节瓜菜试种成功，关键是运不下山，变不成钱，脱不了贫。"一位大嫂听说"女书记"上了山，打着火把赶来，紧紧拉着我的手，亮开湘西人的大嗓门："种地纳粮是老百姓的本分，可政府看咱山上困难，把'皇粮'都免了，山里人知恩！现在大伙儿一心修路，这穷日子要是再不变，对不起政府，对不起邓小平的好政策！"

面对这热气腾腾的场面，原本想"启发教育"农民的念头，早不知哪里去了。我只是默默地想，他们文化不高，也许没有读过邓小平同志的书，也许不十分清楚山外蓬蓬勃勃的改革开放形势，但是他们想的、说的，和小平同志"发展才是硬道理"的思想是那么一致，和改革的要求是那么一致！反过来说，党中央的政策，小平同志的思想，与亿万普通老百姓的心又是多么相通啊！

　　熊壁岩的乡亲们，我在四千里外等待你们早日脱贫的消息。

（原载《人民日报》1997 年 2 月 3 日）

第二部分

连载通讯

在那远离莫斯科的地方／在那远离北京的
地方／在张家界的日子里

在那远离莫斯科的地方（连载一）
借题之由

　　这是一篇两个月前就答应了副刊编辑，曾设想以《我当了一次"国际倒爷"》为题的文章，但总觉思路过窄，迟迟未能动笔。

　　这篇文章最终拟定的题目，几乎是苏联作家阿扎耶夫的"专利"，他以小说《远离莫斯科的地方》，感染了我们这些 20 世纪五六十年代正在学校读书的一代读者。但我还是冒大不韪，前思后想而拟就此题。

　　事情缘于壬申年元宵节，我去了趟绥芬河，又从绥芬河出境去

第二部分　连载通讯

了趟俄罗斯的符拉迪沃斯托克，即海参崴。回来后侃起这番经历，同事们都说很该写下来。

年初友人相邀北上时，我的第一感觉是季节与方向反了，一般情况下谁冰天雪地向北走？可是，听说绥芬河在东北亚经济发展中有着可观的地位与前景；听说这个改革开放中的小城有位敢作敢为的年轻市长；听说还安排以旅游者身份去一次海参崴，可以体味体味时下热门的中俄易货贸易……

去俄罗斯，对我不是没有吸引力，但与同伴的感觉相比，多少有些不同。首先，我不把这看作是好歹出趟国，因为去过几个国家了；其次，也不把这看作是去两个"超级大国"之一而作为出访首选国度，因为儿时我曾去过苏联。

引起遐想的是，成为独联体中一个国家的俄罗斯，现在成了什么样子？作为从苏联分裂出来的十几个国家之一，俄罗斯的幅员尽管仍比中国大，但它东西部发展历来不均衡，据说我小时候印象中十分繁华的莫斯科都物资匮乏，那么远东地区呢？军事地位接近我国旅顺的海参崴——苏军远东太平洋舰队基地，对外开放以后又是怎样的风貌？这一连串的问号，以及从前出国没在苏联的亚洲部分停留，今后即使有机会出访也未必安排去那远离莫斯科的地方，使我决定不畏零下 30 度严寒而北上。还有，童年记忆中 20 世纪 50 年代苏联人民那么热情友好，而今 20 世纪 90 年代又将以"大人"的面目同他们进行跨越国界、民族、语言的商品交换，等等等等，构成了这次俄罗斯远东之行的动因。

今天，当我坐在桌前，提笔回顾短短三天的俄罗斯之行，思绪常常与几十年前的经历相交融。于是，与同事侃山时说的诸如"我

宝宝报
——李东东新闻作品选

也当了一次国际倒爷"之类的题目，到底没能引发我的文思——尽管易货贸易确是此行一个主要内容——最终不惜冒借用名人名作名题的"风险"，开始写我的《在那远离莫斯科的地方》。

（原载《经济日报》扩大版 1992 年 6 月 3 日）

在那远离莫斯科的地方（连载二）

机会难得

绥芬河与海参崴之间的旅游和边贸关系，同知名度更高的黑河与布拉戈维申斯克之间的关系，有同有异。相同之处，都是我国改革开放和中俄关系好转的结果；不同之处，恐怕主要在于城市的大小和地理位置的区别。

黑河，依我国的行政级别是地级市，政治经济地位据此确立；对岸的"布市"（黑龙江同胞对布拉戈维申斯克的简称，即海兰泡），大约也有相近的位势。而绥芬河是个城区人口不足三万的县级市，对外开放和恢复边民互市稍晚；对方又是苏联时期最重要的海军基地，远远大于其欧洲部分的黑海舰队，当然长期处于对外封闭状况。

这两对边贸城市之间的区别还在于，黑河与布市仅一江之隔，彼此街市遥望，鸡犬之声相闻，早过江而暮归宿，两国间的边境互访，是地地

李东东新闻作品选

道道的一日游。绥芬河与海参崴之间不然。绥芬河虽紧靠中俄边境，但海参崴得进入俄国境内再向东南走二百多公里，直达阿穆尔湾。这样，同样名为一日游，从绥芬河出境的这一"游"，实际在境外需三日，即第一天赶往海参崴，第二天停留于海参崴，第三天从海参崴回国。当然，第一天和第三天都不止于单纯赶路，还包括途中经过不同的城市，吃饭，购物。

在绥芬河，我们从黑龙江同伴处得知，今天的中俄双方公民执简化手续互访，实在来之不易。从1991年初正式开通绥芬河至乌苏里斯克（绥芬河、海参崴之间的俄罗斯小城）的一日游，到进一步的三日乃至五日游，绥芬河市赵市长倾注了大量心血。其间，曾出现过当时苏联地方政府对简化手续时而同意时而不同意的反复，赵市长为此专程前往海参崴，拜会执远东地区最高权力的当时苏联远东太平洋军区司令巴列宾中将。经过一番恳谈，这位资深、威严且很少会见中国地方官员的苏方远东军事统帅，最终为强悍而机敏的中国年轻市长所感动，以赞佩的态度表明了与中方边陲小城绥芬河、也是与中国人民友好交往的诚意。了解到这种旅游兼易货贸易机会的来之不易，天南地北汇聚于绥芬河的朋友们便提起了精神。诸如"别想指着这几天发财"、"说啥也不至于亏大本"之类调侃的话虽也说说，但谁都没闲着，纷纷开始向黑龙江的朋友尤其是绥芬河的"倒爷"们求教，该如何去进行这种贸易实践。此时，无论你是官员还是记者，是教师还是医生，"士农工商"皆为"商"，你就忘掉身份，放下架子，积聚资本，去体验一下人类原始的、本能的贸易冲动吧！

（1992年6月10日《经济日报》扩大版）

在那远离莫斯科的地方（连载三）
列车上的"蓝眼睛"

经过政审、体检等手续，办好旅游护照，我们终于出境了。在火车隆隆驶过边界线前几分钟，黑龙江的朋友指点了当年我部队同武装民兵一起，针对苏方进行战备演练的山坡。以今天的眼光看，这只是两大民族间一度不愉快的关系的注脚。

进入俄方境内不久，我方火车就完成了"历史使命"。因为中俄铁路不同轨，再向前走，或换乘俄罗斯宽轨火车，或换乘旅行汽车。当时我的"一闪念"是，这真有点儿像我那半个老家——山西当年"阎老西"的派头（只不过他搞的是窄轨），就要与其他地方的铁路不同轨，于是不友好的人不能轻易进入，而友好的人进入时也不大方便。

当然，对俄罗斯人民我绝无褒贬之意，因为没有考据过宽轨铁路的由来，也就没有资格妄加评论。再说俄方旅行轿车已等在站台外，

大家忙忙活活提着行囊接受边防检查，谁也顾不得去研究铁轨问题了。

列车车厢尾部的座位上，端端正正坐着一位俄罗斯边防军军官。小伙子长着一双漂亮而和善的蓝眼睛，友好地检视着护照上的照片与面前的中国人。看着这双蓝眼睛，我想起了儿时的一段经历，也是在列车上，也是和善的蓝眼睛，关注着一个中国小女孩……

那是三十多年前我随妈妈探望爸爸，赴莫斯科的远途。当时还没有穿越蒙古的铁路，须从满洲里出境，整整奔驰一周。记不得什么原因，我生病了，发烧。在一次停站时，包厢里出现了一位穿白大褂的苏联阿姨，她有一双漂亮的蓝眼睛，亲切地说着我听不懂的话，用听诊器前胸后背地按，然后转向我妈妈，一定是在交代什么……我迷迷糊糊的印象中，后来每到停靠较久的大站，就有一位"蓝眼睛"登上火车，进入包厢，热心地为我治病，直到三天后我退烧为止。当我可以满列车串着玩儿时，又认识了许多位"蓝眼睛"：胖胖的红脸列车长，努力为我煮粥的厨师长，清扫卫生的英俊的列车员……长大以后，父母告诉我，20世纪50年代，中苏人民十分友好，得知这列国际列车上有个生病的中国孩子，苏方就一站传一站向前打电话，于是就一站接一站上来蓝眼睛的"白大褂"。

三十余年，占了人生近一半，但在历史的长河中，不过弹指一挥间。国家与国家，民族与民族，纵有恩怨纠葛，人民永远珍视和平与友谊。我童年记忆中那些和善的"蓝眼睛"，其实一定有不少是棕色的、灰色的，但不论蓝眼睛、灰眼睛、黑眼睛，还是白皮肤、棕皮肤、黄皮肤，人民终归跨越了国界与民族间某种藩篱，友好地再度携起了手。

（原载《经济日报》扩大版 1992 年 6 月 17 日）

李东东新闻作品选

在那远离莫斯科的地方（连载四）
资本雄厚须胆大

　　当我们一行通过俄罗斯边防检查，从火车挪到汽车上时，各人的行装就显出了不同的分量：有的包大，有的袋小，有的看似不轻，有的"虚位以待"……现在回过头来，看看旅行者们的资本吧！我所以用"资本"这个词，是因为此去主要是贸易行为并且以易货贸易为主，那么就与一般出差多带点儿钱不同了，故不称"资金"。根据要想取得良好经济效益必须研究市场这一基本原理，针对俄方目前阶段对中国商品的需求内容，加上自己瞄准的交易目标所需之财力，大家八仙过海，各有高招，开始在绥芬河作准备。

　　都说女人沉不住气，胆子也小，交易做不大。看来不假。还可以加一条，比较守规矩。这从我以及我刚刚结识的女友身上，比较充分地体现出来。我们不知道其他北京旅行者是否已换有卢布，黑龙江同胞是否已取得商品信

1992年6月20日《经济日报》

息，反正我俩到绥芬河时，钱包里没有一个戈比，唯一得到的"市场信号"是，二锅头、清凉油已过时，羽绒衣、牛仔服一般化，如今俄罗斯人最喜欢色彩艳丽的廉价的化纤"阿迪达斯"运动服。他们对价格相差十倍的真假阿迪达斯一视同仁，因而假阿迪达斯便是可以获利的主要资本。但我们接着又被告之，带四五套就差不多了，以免在通过俄方边检时，丢了我国国格。

我与同伴一起到绥芬河最大的集贸市场——青云市场去备货。考虑到苏联时期国营商店不但严格执行统一物价，而且只收卢布，我建议换些钱带在身上，毕竟会有些需要在商店买而不是与私人交换的东西吧。后来的实践证明了我的决策失误：按照市场价换卢布，与砍价买阿迪达斯相比，前者吃亏，后者合算；同等财力，换的货币越多，与买成运动服过境物物交换或直接卖出相比，"亏损"越大。这是后话了。当然，要是再有个本来就没想发财、只是闹着玩儿的精神支柱，"亏损"便不那么令人心痛了。

实践证明，我属于太要面子的一类人，这也是影响"生意"做大的因素。既然有关方面提示带四五套阿迪达斯为宜，我就比遵守规矩的女伴更甚，腰斩一刀，只带两套，以便国境线上开包查验时，足足地为中国人长点儿脸——可事实上俄方挺通融，接受点儿小礼品后，根本没查行李；事实上同伴中带五套运动服的人很少，多数带了十套左右，最大胆而有经验者，足足带了二十套。其他小件紧俏商品如"大大"泡泡糖、"拳王"短裤之类，我是在出境后开始易货贸易时，才从黑龙江同胞处发现，自然不可能拥有。

于是，信息不灵、货物匮乏、货币不多，便注定了我这个资本不雄厚的人，不可能获得多大利润，换来贵重的裘皮类物品。好在我一向关注的是异国他族的手工艺品，本着量力而行的原则，买一些换一点儿，倒也自得其乐。此亦是后话。

（原载《经济日报》扩大版 1992 年 6 月 24 日）

在那远离莫斯科的地方（连载五）
俄罗斯人也"改革"

　　披星戴月，晨起赶路，火车换汽车，奔波几小时，赶到绥芬河与海参崴之间的乌苏里斯克市（即双城子），时为 2 月 20 日 12 时。

　　毕竟身在异邦，寸金寸光阴，大家顾不得疲劳与寒冷，吃完简单的午餐，就上街观光、购物。

　　在乌苏里斯克一家最大的国营商店，给我们四十分钟购物时间。大家最初感觉少了，待进去一看，方知导游兼翻译小刘到底经验丰富，时间给得绰绰有余。

　　宽大的厅堂里，按我国现在售货面积利用程度，足有三分之一空间闲置。百货类柜台上商品档次不高，摆得还算满，而服装、纺织品货架上，则基本上空着三分之一还多。一眼扫过去，呢大衣款式单调，做工不细；其他季节的成衣，品种有限，估计不少是中国出口的。对女同志来说，

李东东新闻作品选

衣服没看头，就省下时间了，正好可以慢慢浏览介于实用和装饰之间的商品。实事求是讲，真没有多少可选择的，日用品大都比较简单粗糙，不如我们的同类商品。唯有一点与国内逛商店感觉不同，那就是注意带有俄罗斯特色的东西！

终于，我们在一个不起眼的角落里发现了两种木质灯罩，是用小木片层层叠叠粘拼起来的，与我国竹编、麻织灯罩比，粗犷、厚重，明显地带有异国情调。我毫不犹豫地掏出货币资本的一大半买下了它，不管如何不好携带，也不管余下的钱够买什么。

还剩点儿时间，既无可买的，货也看遍了，就观察观察人吧。这一看，还真有点儿新发现：俄罗斯人也在"改革"，国营商业经营也在灵活变通。一位黑龙江同伴瞄上了一顶皮帽，但缺两三百卢布，要是在以前，或者买不成，或者借钱买。可这会儿不同了，他拿出了丝袜和短裤，与售货员商量，经过一番讨论，当售货员小姐判定这袜子或裤子值那几百卢布时，便收下了它，同时马上从自己兜里掏出现金，补足顾客应付的款。真是一举三得：公家的买卖做成了，财务账分毫不差；顾客买到合心的商品；售货员得到了俄罗斯稀缺的俏货。

这一幕，使我忆起当年苏联国营商业的某些做法，对比之下，耐人寻味。

"文革"前，爸爸妈妈和我在苏联的生活照尚未遭遇毁弃的厄运。1964 年暑假，我跟着姐姐学放洗照片。翻寻小时候的底版，偏偏找不到一张很想再放大些的照片底版。那是我七岁生日时，妈妈带着我在红场的留影，角度不错，列宁墓、克里姆林宫、波克罗夫斯基大教堂，都收入了镜头。

问起妈妈，她说唯有这张照片我们没有底版。原来那天出去玩儿时，爸爸在工作，他没去，摄影记者也就没去，妈妈又不会用照相机，留影只能在红场摄影部了。摄影部，当时只有国营一家，规矩是只给照片不给底版。原因很简单：你只要想再印放，必须到它那儿洗。据说这个摄影部可以为顾客保留很长时间底版，并且服务态度挺好，信函要求洗印、航空快寄均可。唯独一点，似乎只想垄断生意而不考虑顾客方便，譬如"流动人口"远离莫斯科后，特别是我们这种一去不回头的过客，再要找它放洗照片，谈何容易。今天看起来，这种经营方式带有多么强烈的计划经济色彩啊！

　　　　　　　　　　（原载《经济日报》扩大版 1992 年 7 月 1 日）

在那远离莫斯科的地方（连载六）
"阿里达斯"和"倩倩"

  抵达目的地海参崴，进入宾馆前厅，还没安排好住房，我们一行旅游者就被俄罗斯人围起来了。耳边一片"change"和"adidas"的俄式语调。英语"交换"的意思，我是听了两次之后反应过来的，因为俄罗斯人说的不是标准音，把它斯拉夫化了，可能还加上点儿与中国人沟通的努力，于是说出来就成了汉语"倩倩"的音调。一旦弄明白之后，中俄双方便都以此表示易货贸易的愿望。

  另外，对国际名牌运动服 adidas，他们念的也不是"阿迪"而是带了卷舌音的"阿里达斯"，好在这也是一次弄明白就够用了。

  在各种场合的交易过程中，以"倩倩"和"阿里达斯"两词的使用频率最高，一般都是以"倩倩"开头，紧跟着询问有没有"阿里达斯"。

  阿穆尔湾这家涉外宾馆里，有俄罗斯倒爷或称俄商的基地，他们包租房间，

不论白天、晚上，屋里、走廊，交易随时进行。只要不过于喧哗、过于成群结伙，宾馆的配有电棍的保安人员一般不干涉。

第一天晚上，我的两套运动服就出手了，换了件呢大衣。初来乍换，行情和比价还不大清楚，同伴中有人说值，有人认为不值。因为资本雄厚者的主要目标是裘皮——裘皮领大衣，裘皮帽，裘皮围巾……因此倾向于集中财力瞄准主要目标。我所以没有多加考虑就换掉了，有两个原因：一则两套运动服不够换裘皮类物件，就算添钱，有限的卢布，首先得保证为儿子做预算。其次，前年有朋友访苏，送我一件呢大衣，是在莫斯科尽了最大努力买到的，还是苏法合资的，我为大衣特别合身而高兴之余，总觉得款式质地差了点儿，觉得苏联不应当就那个水平；因此，一旦在这远离莫斯科的地方发现了色彩款式做工好些的，就毫不犹豫地买下了。

最主要的资本抛出了，我也就省心了，又可以从容观察伙伴们的交易。他们中，有的以三套运动服，换一件银狐领或蓝狐领大衣；有的把身上五六十元的膨松棉服脱下，换一顶中档皮帽；也有的用泡泡糖换钟表、望远镜、简易照相机等等。顺便说一句，俄罗斯人似乎不大懂或是不介意化纤衣服和羽绒服之间的区别，也分不清鸭绒的档次高低，不可能换出合适的价格，趁早别带出去。

还值得提几句的，是语言障碍问题。在民间交易过程中，语言不通当然在一定程度上影响交换的进行，但可以说，在没有翻译的条件下，交换仍然能够进行，这是与社交场合、政治谈判迥然不同的。我们这次出境的旅游者中，部分人或多或少能讲一些俄语，而交易对方则常常无一人能讲汉语；中方队伍里英语讲得一般化的尚有几个，对方则除了个别年轻人外，大多讲不了英语。

为此，在几十人仅拥有中、俄各一位翻译兼导游，且交换多为分散进行的现实条件下，两个民族的民间使者们，便充分利用了展示实物、打手势、计算器示价等种种手段，商讨交易内容和价格。一般说，当双方付出的代价和瞄准的目标接近彼此的期望时，常常很快成交；而在付出的一方想说明自己的东西如何好，应该换取对方更多或更高档的物品时，情况就复杂了。这时，双方常常急切地说着彼此听不懂但心里都明白是在砍价的话，如果立场相距太大，就"拜拜了您哪"；如果一方仍十分希望得到对方的东西，就得携起手来，一起寻找翻译去了。

　　　　　　　　　　（原载《经济日报》扩大版 1992 年 7 月 8 日）

在那远离莫斯科的地方（连载七）

买卖做得挺有趣

　　2月21日，是一日游的"正日子"，也是在海参崴停留的完整的一天。活动安排紧凑，包括到当地最大的集贸市场易货贸易，到国营商店买东西，乘船出海观光。

　　进入市场，真是天寒人暖，一片"倩倩"之声。此时，我的货物资本还剩两条八成新的牛仔裤，因为我穿着一条稍肥大，一条短了点，故带出境交换。最初，裤子搁在皮包里，曾有人想换我肩上这个羊皮"乞丐包"，可无人知道包里面有什么。十几分钟过去，一位已经小有收获的同伴碰到我，大叫：还那么要面子，东西不拿出来，谁知道你有什么货，怎么换？

　　一想也是。随即取出裤子，搭在胳膊上，转悠了不到五分钟，一位老太太就拉住了我。她的货是一套镀银或镀铬的咖啡具，也可能是茶具，不是我们习惯里杯盘

李东东新闻作品选

成套的那种，而是一个长方形托盘，加上四把大小、形状各异的壶，属中看不中用型。她要我的牛仔裤，我则欣赏她的工艺品。

接下来就有点儿麻烦了。开价权在我手里，可我决定不了该怎么换：一条裤子换她五件——是不是太"恶"了？两条裤子都给她，我就再没资本了。或者，一条裤子换其中三件……此时，交换的障碍不在语言而在我难以判断。于是，我们友好地挽起手去找导游，并且得找中方导游，因为俄方导游必然向着俄方。小刘正帮完全不懂俄语的人在砍价。我把情况告诉他，向他讨教。刘导毕竟多次陪团，久经考验，瞄了一眼双方货色，语调坚定地同老太太略争几句，就干脆地一挥手："给她一条裤子，换她这一堆！"我于惊喜之余不再谦让，把两条裤子递给老太太由她挑。她选了大些的那条，显得挺高兴；我则抱着"这一堆"，做成了第一笔"买卖"，也挺高兴。

大家手里的货出去不少了，有的易物，有的卖钱。一小时后，转移阵地，进了一家服装店。看来这是专门为中方旅游团安排的项目，因为当时门外站着不少当地居民，但门卫不让他们进去。国营商店，一分钱一分货，我没几个现钱了，也不想买衣服，就琢磨怎么把另一条裤子出手，以便再买点儿工艺品。于是便与两位正在闲聊的售货员小姐讨论。她们表示喜欢牛仔裤，但我手上的这条裤子小，穿着不合身。自然，俄罗斯姑娘人高马大，我穿着都短的裤子，她们便没法穿。但我告诉她们，这裤子是弹力的，有松紧；另外，家里总有弟弟妹妹吧？研究了几分钟，其中一个姑娘按我开的价，压了 200 卢布买下了，说是给她妹妹穿。

手里又增加了 1500 卢布，顿感气壮。到了海参崴最大的综合百货商场，我先给儿子买了望远镜，然后又买了三幅木质壁挂，一个贝壳壁挂，以及一些小饰物，零零碎碎，收获渐丰。

说起来，有些东西的价格，在我们眼里是很扭曲的。譬如俄罗斯传统的木质套娃娃，我动过买一套的念头，以补回"文革"时被作为"封资修"毁掉的那套，可一看价，高达几千卢布，合一百多元人民币，根本买不起。另外呢，精致的密纹唱片则相当便宜，声乐的，根据歌唱家的知名度，几十到几百卢布不等，相当于人民币几元到十几二十元；而器乐的，则价格更低，我选了一张提琴曲唱片，算下来，才合人民币两角六分钱！

（原载《经济日报》扩大版 1992 年 7 月 15 日）

在那远离莫斯科的地方（连载八）

乘风破浪金角湾

　　从金角湾乘游船出海观光，是此行俄方安排的唯一正式旅游项目。不管手里还有什么没换出去的，还需要买什么东西，我都不会放弃出海。旅行团约有三分之一同胞持这种观点，大家上船出发了。

　　冰海行船，呼呼的风浪，羽绒服、厚毛衣、靴子等等装备显得纸一样薄。多数人进到舱里。我站在船尾甲板上，看着俄罗斯远东太平洋军区司令部、滨海边疆区行政办公大楼，渐渐远去，楼顶上的三色旗，慢慢看不清了。而港湾内泊着的不少军用、民用船身上，原来漆的苏联锤刀斧头标志，还没来得及改涂俄罗斯红白蓝三色国旗。

　　我们住的宾馆，临阿穆尔湾。从地图上看，阿穆尔湾与金角湾是同一个海湾里突出的陆地部分的两翼。同样的纬度，同样的气候，同样是海

水，为什么宾馆窗前的大海是一望无际的冰板，而金角湾却能行船？询问之下，方知金角湾原是苏军远东太平洋舰队的出海口，长期投资保持它成为不冻港，包括大量撒盐，随时出动舰艇"搅和"海面……可能还有其他高科技措施。

兜了一圈，进港下船。迎着我们这些脸冻得发青的"外宾"，岸上是一列排队候船的俄罗斯游客，他们似乎对遵守秩序与优待外宾习以为常，礼貌地向我们点点头打招呼，一脸友好。

这不是装的，我知道这份真诚。俄罗斯人或称过去的苏联人，在执行制度与表达友谊的结合上，既有十分严格的一面，也有充满人情味的一面。通过家庭"口头新闻"传递，我还能记起的小时候的两件事，恰好说明了这两个方面。

初到莫斯科时，父母带我到当时莫斯科最大的公园——高尔基公园玩儿。那个年代，高空环形观览车在苏联尚属新的大型游乐项目，而且莫斯科除了列宁山上莫斯科大学主楼，还没有什么高层建筑，乘这种观览车升到顶部，可以俯瞰全城相当大的范围。排队的人很多。我当时还小，肯定没有遥望远景的概念，只是觉得好玩儿，一定要坐。但父母指着长长的队伍告诉我，我们没有那么多时间排队。我不甘心放弃，于是倔强和不讲理的儿童类言行便发作出来，惊动了安安静静排队的人们。不一会儿，远处来了位穿制服的叔叔，问明情况，马上领着我们向队伍前头走去，到售票处买了票，进入另一小列等候上车的队伍。一路上，排队的人们都友好地笑笑，有的还招招手；登车时，好不容易排到最前头的人，仍把我们礼让在先。

这种对外宾的友善与照顾，我不知道在俄罗斯中始于何时，持续多久，是否惠及各种族。但在 20 世纪 50 年代末期中苏两国关系没有公开恶化前，对留居莫斯科已为数不多的中国人，苏方的确十分明显地表示友好。

而在另外一些情况下，则严格执行制度，内宾外宾，军民人等，概莫能外。譬如瞻仰列宁遗容。几十年来，莫斯科红场上总是排着长长的队伍，各种肤色、各色眼睛的男女老幼，从世界各国，从苏联各地，来到列宁墓前，耐心地排进队伍。队伍一点点挪动，一批人进入墓中，队伍向前移动一次，便又停下来。我们去的那天，正巧天气比较热，人又比较多。大约我被进行过事前教育，理解了这是严肃的、不可以着急哭闹的事情，就老老实实随大人排队，从半上午直排过中午。待瞻仰完毕，从列宁墓后门出来时，天气也凉快了，我的腿也肿了，印象中还生了场病。

几十年后回想起来，我对这种秩序与严格仍十分理解，并对当年能瞻仰列宁与斯大林两人的遗容感到庆幸。因为不久后的 1961 年秋，斯大林的遗体就被从墓中迁出，葬入克里姆林宫宫墙下。此后再去莫斯科的人，便同 1953 年之前一样，瞻仰的是列宁一人的遗容了。不论斯大林的千秋功过如何评价，他终归是一位历史巨人。我对此深信不疑。

（原载《经济日报》扩大版 1992 年 7 月 22 日）

第二部分　连载通讯

在那远离莫斯科的地方（连载九）

食品燃料今与昔

　　苏联解体后，食品与燃料短缺，更加成了以俄罗斯为主的这个高纬度国家的两大紧迫问题。

　　我们在海参崴的实地感受是，饮食确实比较差，超出意料；燃料，似乎取暖部分不那么困难，但街上车很少，则不知是石油紧缺还是这个军事重镇本身民用车辆就少。

　　关于取暖燃料的问题，我是从连同对海参崴居民住房的观察得来的印象。我们曾在晚上七八点钟出去散步，顺便看看市民居住环境。隆冬黑早，气温已降到零下20度，但大多数楼房的住户都没拉上窗帘。从窗外看去，一般都是两层帘，透过薄薄的勾针装饰帘，几乎家家装着豪华的玻璃吊灯，不用日光灯管，一律白炽灯泡，透出温暖的橙色光。可以想见，如果燃料匮乏到不能保证室温，那么厚厚的那层窗帘早该拉上了。

伙食差，对于仅仅停留两三天的旅游者来说，怎么也坚持得过去，但它毕竟反映了独联体主要国家的现状。第一天路过乌苏里斯克时吃的那顿午饭，内容是两个鸡蛋，一块说不上是什么肉的小肉饼，几片不是白面包也不是黑面包的面包。我们好歹也算"外宾"，相信俄方还是尽了力的。当时大家又冷又饿，最需要的是一口热汤，可居然就没有任何一种俄罗斯人喜食善做的汤。待到发现有热红茶供应时，许多人弃掉了分量并不充足的食物，在取茶处排起了队。

在海参崴，我们住的是涉外宾馆，本想情况会稍好些，结果不然。主食大同小异，有时肉饼变成几片类似我国中低档水平的肉肠而已。更遗憾的是，苏联时期最有特色的民族菜式之一酸黄瓜，完全变了味儿。俄罗斯纬度高，气候寒冷，新鲜蔬菜历来紧缺，酸黄瓜成了佐餐的当家蔬菜之一。由于童年时我就特别喜欢苏联的酸黄瓜，以致成年后买酸黄瓜罐头时，都专买黑龙江出的——因为哈尔滨等地受俄罗斯影响，做的味道地道。可这次在远东，酸黄瓜淡而无味，俄罗斯的"专利"移到了我国；没喝过一次热汤，更别说莫斯科红菜汤了；鱼子酱，见而未见，闻所未闻，偶尔听人提起，即使能搞到，价格也高得惊人，非一般人消费得起。

这些，与我儿时印象中莫斯科的繁华与物资供应丰富，相去甚远。当然，昔日的苏联、今天的俄罗斯，由于幅员辽阔，也同我国一样，存在东西部差距问题。我们是沿海与内地的差别，它是欧洲部分与亚洲部分的差别，但同为发达与不发达、先发展与后发展的关系。阿扎耶夫那《远离莫斯科的地方》，描述的就是当年苏联共青团员开发西伯利亚的壮举。

如此，我很难将三十多年前苏联富饶的欧洲部分与今天的远东部分直接比较，因为我没有实地了解今天的莫斯科与三十多年前的海参崴。

但有一点使我感到了不容置疑的变化。庄严的红场（虽然它远比我们的天安门广场要小）周围到处是自由交易的市场——不久前从传媒得到的这一信息，使人如何判断？是搞活经济的举动，还是商品紧缺到要在国家广场边上进行市场交换？

（原载《经济日报》扩大版 1992 年 7 月 29 日）

在那远离莫斯科的地方（连载十）

祸福相倚

2月22日，北上回国。又是不吃早饭，披星戴月出发。旅行车开得飞快，途中连乌苏里斯克也没停，一鼓作气赶到俄中铁路宽窄轨交接处——格拉捷阔沃。去绥芬河有两班火车，午后1点和下午4点多，看来是为赶前一班车。

旅游团住在另一个宾馆的旅伴们乘另一辆车先到了，已下车吃午饭，我们这辆车上，大伙儿也又乏又饿，却迟迟没招呼下车，似乎有点儿什么事。不久就清楚了：由于导游的疏忽，把一车人的护照都丢在了海参崴！天寒地冻，小站风沙不小，大家心情沮丧可想而知。不论是中俄哪方导游失误，此时埋怨毫无用处，只能打电话过去，等海参崴那边发车送来。

另一车的旅伴中，有面呈异色者，并窃窃有幸灾乐祸之词。原来，我们这个旅游团较以往人多，俄方通常负责接待的

海滨宾馆安排不下，分出一半人住到森林营地。据说那里夏天很美，但冬季就委屈些了，并且地点偏僻，交通费时，上门交易者也少。于是，尽管旅游团被"一分为二"纯属偶然，但那"二分之一"心理不平衡了。

心理不平衡，时下国人通病。不平衡就得找平衡：你们住得好，玩得好，换得好，好事不能都占了，现在遭报应了吧！我们吃饱了回国，你们在这儿待着，护照要是送晚了，说不定赶不上末班车……

我们这"二分之一"们能说什么呢？眼巴巴看着那一半同胞大包小袋地上了火车暖暖和和走了，我们难道在零下十几度严寒里，吃风喝灰散它几小时步？

话说福兮祸所伏，祸兮福所倚。正没法打发这几分辰光时，导游灵机一动，想到今天是星期六，不远的小镇上，类似"跳蚤市场"的周末交易，说不定还没散。

尽管多数人身上钱、物基本都没了，但"二分之一"们还是提起了情绪。尤其是一些还有卢布没花出去，慨叹这非硬通货之货币窝在了手里的人；或是还有东西没换出去，不愿被贬为带出境再带回国不算本事的人。

时已过午，周末交易显然进入尾声，我们几十人进入市场，似乎又引起了新一轮儿的交换热潮。本来是俄罗斯人之间的买卖。他们有的开着自家小车，把批发的或是自己不想用了的物品，摆在车头和后备箱盖上，有的干脆就把东西放在地上，等待交易。中国人的加入，使场地上一片俄语中，立即掺进了"倩倩"和对"阿里达斯"的询问。

绝大多数旅伴已不拥有运动服，那么唯一唯二不知什么因素没来得及抛售完的人，便成了市场上最引人注目的"富商"。他们被俄罗斯人追随，可以自豪地浏览和挑选中意的东西，可以口气颇大地开出价码。

至此，我仍未弄清楚俄罗斯人也许仅是远东地区居民，为何如此青睐化纤的 adidas。我曾在人群中看见一位相当漂亮的姑娘，头戴贵重的银狐帽，足登带有饰物的软皮靴，严寒中，她的蓝狐领大衣不知为什么没系上扣。当有人叫她，她突然转身面对我时，才看到她穿了条绿得俗气的阿里达斯运动裤，裤脚塞在靴子里——原来，敞着大衣是为了露出上半截裤子。而另一位穿着呢料裤子，头戴足登亦很讲究的绅士，则顶风抗寒不穿大衣，上身着装是毛衣外面紧裹着一件薄薄的运动服——出于审美？还是时髦？百思不解之时，不由得联想起"文革"初期，大家为能穿上洗得发白的旧军装而奋斗，而骄傲……

至此，倒是应该把 adidas 易物何以比花卢布买东西合算说清楚了。一件开价 10000，可以压到 8000 卢布的银狐领大衣，如果付卢布，以境内绥芬河市场价 1 元人民币换 20 卢布计算，最少需400 元人民币；如果用 "adidas" 换，多则四套、砍至三套即可，在绥芬河买化纤 adidas，一套最高 50 元，低可到 45 元，那么买下大衣只合人民币 150 元左右，最多不超过 200 元。

（原载《经济日报》扩大版 1992 年 8 月 5 日）

在那远离莫斯科的地方（全文完）
满载而归

　　我的余钱剩米，只有区区几百卢布，先得保证为同事们买条烟；若想再有所作为，就得说服连美元都不大认的远东俄罗斯人，接受人民币。

　　实践再次证明了我做生意的本事不行。买烟之后，以最后100卢布买了个套娃娃外形的小暖水瓶可谓成功外，一分钱人民币的交易也没做成。这暖水瓶，也是从开价180卢布砍而再砍，反正我除了一张100卢布纸币，只有几个戈比了，眼见没有油水可挤，货主也就卖给我了。

　　当仍然拥有资本的同伴为裘皮大衣讨价还价时，我看中了一副鹿角。其实想想，俄罗斯的鹿长得与中国鹿能有多大区别？鹿角在黑龙江、吉林也能买得到；但总觉得有点儿不同，可能还是"异国他族"的心理因素作怪——要

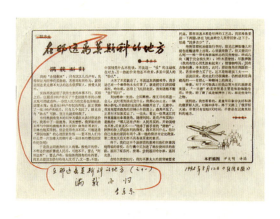

不然人们为什么带一片加拿大的枫叶或一朵日本的樱花回国作纪念呢！

于是我去同鹿角的主人商量，按他开的价，不带还价地折算成人民币支付，可他不干。要么"阿里达斯"，要么卢布，偏偏拣我没有的东西要。我差点儿提议加价付给他人民币了，又一想，不能，中国钱凭什么不值钱，再说这一"仗"的主动权在对方，万一抬起价来他还不肯卖，多丢中国人的"份儿"。

大不了不买就是了。再说这东西挺难带，我手边已有一个难带的木头灯罩了。就是把它们弄回绥芬河、哈尔滨，还得上飞机回北京，谁知道能不能"全尸而归"。

阿Q精神一发扬，立即释然，漫无目的地再逛一会儿，此时看到谁成交什么，我都心如止水。一辆辆小轿车，开始收拾起东西，相继开走了。无意中，我发现摆着鹿角的那辆小轿车前盖上，鹿角不见了，正思忖不知谁买去了，一扭头，看见一位黑龙江同伴喜滋滋地拿着鹿角。随便问问，是花卢布买的？是换的？"哪儿还有卢布！人民币买的。开始说啥也不卖，后来这不……"他扬了扬手里的"猎物"，胖胖的脸上浮起胜利的微笑。我不再问什么，估计自己失败的原因有两个，第一他的俄语肯定比我强，第二我先天后天都不具备做买卖的素质。

终于，我们这半个旅游团的患难同胞们怀着因祸得福的喜悦，在行囊中又加进了格拉捷阔沃的收获，返回了绥芬河。接着，分别返回哈尔滨，返回北京。

在哈尔滨登机时，我的不算太大的提袋被要求托运。那里面基本都是怕摔的工艺品，我原准备委屈一下两腿，把提包挤在飞机座

在那远离莫斯科的地方
唯一的心愿
新思路和农民打交道
新闻评论
我也曾是
新闻作品选
通讯
连载通讯

椅空儿里带回家，这下子，怕是"凶多吉少"了。

待到首都机场提取行李时，眼见已摔裂缝儿的提包在输送带上出现，心里就有数了。但又能说什么呢？唯一带有海参崴标志的贝壳壁挂，碎成几块（属于完全损失类）；三件木质壁挂，尽数摔散（我尚有信心用乳胶粘起来）；镀银咖啡具，因有衣物包裹，幸未划伤。此时，那副鹿角在我眼前一晃，若劳神费力买了它，还不是瞎耽误工夫……

话说回来，我对此行仍很满意，仍然感到是满载而归——有那么一种精神上的满足。

毕竟，对于不可能真正担负边贸大任的旅游者来说，"一日游"的易货贸易主要是体验体验生活；毕竟，赔了赚了或是被摔坏了的，都是些身外之物。

说到底，我想看看的，是童年印象中友好和善的俄罗斯人民。

时隔三十多年，终于又踏上了俄罗斯大地，尽管只有短短三天时间，尽管是在远离莫斯科的地方。

（原载《经济日报》扩大版 1992 年 8 月 12 日）

在那远离北京的地方（连载一）

悲壮上征途

1992 年，我参加了一次中俄远东地区民间边贸活动。回到北京，提笔写纪行时，因为联想起三十多年前在莫斯科的童年经历，就把文章定名为《在那远离莫斯科的地方》。今天，当我坐在桌前撰写距今已四分之一世纪的"插队回忆录"时，眼前浮现出当年北京火车站悲怆熙攘的送行场面。十六七岁上山下乡，那时的感觉，真是远离父母，远离北京……于是，就把这组文章定名为《在那远离北京的地方》。

我在陕北延安地区种过地，在内蒙古锡林郭勒草原放过羊。按照毛主席当年的教导，就算是既接受过贫下中农也接受过贫

下中牧的"再教育"了。惭愧的是，我插队的时间不长，在后来二十多年的岁月中，多次想回延安、回锡盟而未能成行，绝大多数老乡的名字也记不得了。

但我将终生记得这段历史并真诚地认为，不论今天、明天对昨天的上山下乡运动作何评价，我们这代人都受益匪浅。以我而言，热爱农民（尽管除了写文章外做不了更多），了解国情（尽管十分肤浅），就源于上山下乡。

不少北京知青关于上山下乡的回忆录中，都提到过离京时的情况，有的描述生离死别，有的似乎满怀豪情，可能都对。因为每个学生、每个家庭情况不同，心境不同。但总体而言，我觉得在这两者间中庸一点儿似乎更客观，也就是既有悲凉别家园的情绪，也有壮志上征途的冲动。

我的身份在那个年代是"走资派"子女，因此别说当兵、当工人，留在北京做任何工作，就连去生产建设兵团的资格也没有，唯一的路是插队。1968 年 12 月 22 日，毛主席关于知识青年到农村去，接受贫下中农再教育的指示发出后，北京市以现在看来难以想象的高效率，把我们六七届初、高中数以万计的学生户口，于一周之内迁出了北京。也就是说，不能超过 1968 年 12 月 31 日，我们就必须不再是北京的居民了。

在千千万万干部家庭四分五裂的局面下，被迁出京，我们这些中学生半大孩子，并没感到多么严峻；大家关心的是，向学校争取到能与志同道合的同学分在一个村，而不被随便组合。这点，我和我的同伴做到了。几个人都是干部子女，父母都是经过战争年代，从根据地进北京的。于是我们一方面对这种发配式的分配颇有微词，另一方面口出狂言：下乡吓不住我们，当年共产党毛主席就是用农村包围城市夺取政权的，而今我们后来人也从农村干起！

1968 年底或 1969 年初的一天，严寒中，到北京站送行的人挤满了站台。送走一火车学生，肯定有几火车人数的亲朋相送。不时从某处人堆里传出哽咽声。我的记忆中，面对亲人、同学、朋友，不论心情多么复杂，大家都没有哭；等到广播催促上车，我们挤在车门、窗口向亲人挥手告别时，多数人也没有哭；直到汽笛长鸣，火车加速驶出北京站，再也看不到站台上的人影时，大家纷纷回到座位，像受了传染似的，一车厢从此不再是北京人的中学生，"哇"地全哭了。可以推想，一火车的知青，也全哭了。

（原载《经济日报》特刊 1994 年 6 月 8 日）

在那远离北京的地方（连载二）

落户黑家堡

一路上，坐火车，换乘火车，再坐卡车，满头满身黄土高原的土。到了县里，再随着各公社、各大队来"认领"北京学生娃的干部老乡，赶着毛驴驮着行李，步行几十里钻进山沟，住进黑黢黢的窑洞，我们才算悟过劲儿：这下子真成了陕西省延安地区延长县黑家堡公社麻池河大队一户社员了。

"接受再教育"是上山下乡的目的，但生存无疑是最基本的条件。寒冬腊月，如果不能吃上饭，喝口热水，也就谈不上生存了。最初，我们完全不会烧灶火，队里派一名老乡为知青户做饭。一个月后发现，不但他的整劳力工分要从我们这些远非"全分"的知青工分里扣，而且国家拨给知青的第一批粮食，也被他用自家陈旧的粗粮掉换了不少。于是，我们请他"打道回窑"，自己不惜"水深火热"，学会了烧灶火，做大锅饭。

空气和水，人存活的前两项硬件。在高原上，尽可以自由呼吸新鲜空气；水，可得自己下到沟里，一担一担挑了。挑水中出的洋相，引起了陕北老乡对我们这些北京学生娃最初的嘲笑与同情。腊月里下雪，伏天里下雨，那又陡又弯的黄土小路，有时像滑梯，有时像泥石流，空身走路还免不了手脚并用跌跟头，再挑上一百来斤一担水，你就放开想象力去推演我们的狼狈吧！

第一次下沟挑水，我们五个女知青倾户出动，你拿一个桶，她拿一个桶，另一个人攥着扁担，连搀带扶，做侧身状，在被踩实的雪路上跌跌撞撞，像"一个红薯滚下坡"那样出溜到沟底。砸开水面薄冰，没敢装满桶，大约也就七八十斤，由五人中最身强力壮的一个挑着，姿势不雅、左右晃荡就顾不得了，关键是爬上坡度很陡并且只有尺把宽的小路，好歹把水弄回窑里。前面一人拉，后边一人推，中间的主要劳力被压得扭扭搭搭。大家都打滑，帮忙的人本该扶着扁担钩帮助挑水的，但却时常不得不拽着扁担钩支撑自己。爬了不到一半征途，终于，弄不清哪个环节滑了一下，三个人和两桶水，扑通哗啦全倒在了坡上。

这下子，站在窑畔、崖坡上看热闹的老乡知道我们是当真不顶事的，不再袖手旁观。当我们下到沟底又装了一担水，蹒跚返回时，一位中年汉子已用老镢头在最陡的弯道上挖坎坎；当我们踩着新挖的坎坎一步步快爬到窑畔时，上面又有人伸下来扁担，喊叫"学生娃娃拽住上啊"！

女知青在推磨、簸粮、打场甚至砍柴方面，都不比男知青差，唯独在"担"字上，担水、担粪、担玉米麦子这些重体力活儿上受了不少苦，用老乡的话说，"女娃吃亏哩"！两个月后，雪已化尽，路好走了，肩膀也压出来了。当我们每个人可以独立下沟挑水，虽不如李双双的"小扁担三尺三"扭得那么潇洒，却也不再因为害怕挑水而少洗脸不洗脚睡冷炕了，心里那份自豪，抑制不住地漾在脸上。

（原载《经济日报》特刊 1994 年 6 月 15 日）

在那远离北京的地方（连载三）

老镢的学问

我和几个同学，在陕北插队时间都不长，有条件的率先当兵走了，有的两三年后成为工农兵学员，我后来跑到内蒙古草原放羊去了。但我们实实在在经历了周而复始一年四季春种秋收冬筑坝的全过程。

那时是挣工分吃大锅饭，一年除了春节半个月外，三百五十天不论忙闲都得出工。出工才能记工分，挣到工分才能吃上饭。

陕北习俗，除了六月抢收麦子那半个月外，婆姨女子都是不上山的（上山指的是出工，出工必得上山），留在窑里推磨做饭纳鞋底引娃娃。我们当然不行，知青就是来劳动，来"受苦"（陕北称干活儿为受苦）的。好在我们本来就逞强，不敢说与当地人比，至少不能

比男知青差哪儿去；再说，不出工挣分养活自己，到这儿干什么来了？那年月，被打倒的父母又怎么顾得过来儿女？

我们后来才懂得，刚到陕北时的冬季本该是农闲，可是每天天刚亮，队长就顺沟呐喊，把大伙儿叫起来打坝。在千沟万壑的黄土高原，辛辛苦苦一冬筑起的土坝，夏天一场大雨就冲垮了，用今天的话说从哪个角度看都没效益。可是在当时，冬天几个月不打坝干什么呢？靠什么挣分呢？

手上的茧子就是这时候磨起的。挖土装车、推车上坝，两种活儿换着干。锹把子和车把手都磨手。先是水泡，后是血泡，咬着牙不吭声，用手绢缠起来接着干。人前逞能，回到屋里自己心疼，瘫在炕上慢慢撕开血手绢。那会儿，心里最想念的就是妈妈。

手是磨出来了，可要对付的工具还在后头呢？“工欲善其事，必先利其器”，老乡都像战士爱护武器一样伺弄自己的老镢、铁锹、锄头、镰刀，用陕北方言说，磨得亮亮的、利利的，干起活儿来，人不吃亏。我们每人也照例按活路领到工具。说实在的，不会磨，下工回来，累得散架，也不想磨。比较关心知青的大叔大伯，有时看不过，为我们收拾收拾；也有的时候，我们求精力使不完的小伙子帮帮忙。

这些工具，我发现在老镢的使用上辩证法最大。当初领镢头时，队长问：“要轻的哩要重的？”我们毫不犹豫都要轻的。到了地头，和老乡花插着排成一排向前掏地，眼见得老乡似乎并不费力一下一下深深地掏着自己那一垄地朝前去了；而我们挥起镢，再铆足劲儿地抡下去，不仅震得虎口疼，而且挖得又不深，进度缓慢，很快就像掉了队的兵一样散成几个点……我琢磨，除了体力和技术的因素，是不是我们没好好磨镢头的过？休息时，去掂了掂最蛮力的生娃的大头镢，嗬！好沉！"你为什么用这么重的镢？举起来就够费劲儿的。""嘻！学生娃娃解不开（不明白）了吧？老镢重，磨得又利，只用抡起来的劲儿就够了，它落下地就砸尺把深哩！"

真是实践出真知，群众是真正的英雄！我们只想到镢头轻，挥起来不费力，殊不知，用轻镢头深翻地，还得狠劲儿向下刨，一起一落用双份儿力。而用重镢头，特别是磨得利利的老镢，只要抡起来，剩下的活儿就用它这个"自由落体"的自重力来完成了。说心里话，要不是来到贫下中农中间，这再教育真没地方受去，坐在北京的课堂里，异想天开也想不到这一截儿！

（原载《经济日报》特刊 1994 年 6 月 29 日）

在那远离北京的地方（连载四）

一年两顿面

　　一年吃两顿白面，说起来让人觉得太玄，至于苦到这份儿上嘛？还真差不多，不过"顿"在时间概念上稍有延伸——一"顿"有个十天左右吧！也就是说，一年到头，麦收时能吃上十来天新面；另一"顿"，就得到春节时包饺子了。

　　我们队与黄土高原上大多数生产队一样，广种薄收。"广"到种谷子时，大伙儿整好了地，由最有经验的队长一人，像领袖挥手那样，一挥一挥的，一把把扬出谷种；大伙儿再扒拉扒拉土，谷粒不被风吹鸟啄，就算种下了。"薄"到收麦子时，整整起早摸黑半个月，直割到要走一小时路的两架山外，累得连话都不想说；收回的麦子，连打带晒，交完公粮剩下的，也就只够吃"两顿"了。

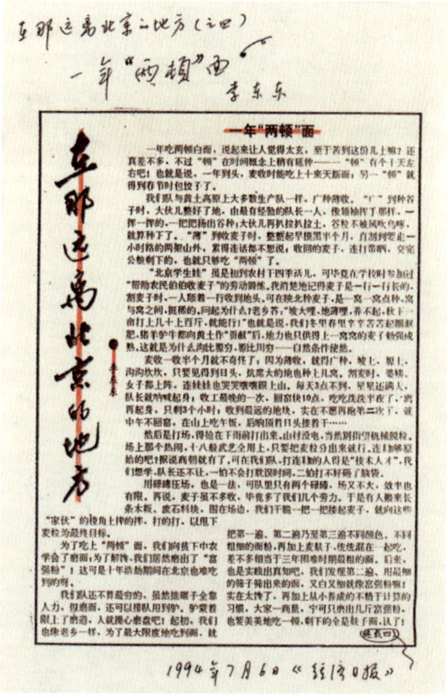

　　北京学生娃虽是初到农村

（左侧竖排）宁南报——李东东新闻作品选

干四季活儿，可毕竟在学校时参加过帮助农民伯伯收麦子的劳动锻炼。我清楚地记得麦子是一行一行长的，割麦子时，一人顺着一行收到地头。可在陕北种麦子，是一窝一窝点种，窝与窝之间，挺稀的。问起为什么？老乡答："坡大哩，地薄哩，养不起，秋下一亩打上几十上百斤，就能行！"也就是说，我们冬里春里辛辛苦苦起圈沤肥，猪羊驴牛都向黄土作"贡献"后，地力也只供得上一窝窝的麦子勉强成熟。这就是为什么沟比塬穷，塬比川穷——自然条件使然。

麦收一收半个月就不奇怪了：因为薄收，就得广种，坡上，塬上，沟沟坎坎，只要见得到日头，炕席大的地也种上几窝。割麦时，婆姨、女子都上阵，连娃娃也哭哭嚷嚷跟上山。每天3点不到，星星还满天，队长就吶喊起身；收工最晚的一次，回窑快晚上10点，吃吃洗洗半夜了，离再起身，只剩三个小时；收到最远的地块，实在不愿再跑第二次了，就中午不回窑，在山上吃午饭，后晌顶着日头接着干……

然后是打场，得抢在下雨前把麦子打出来。山村没电，当然别指望机械脱粒。场上那个热闹，十八般武艺全用上，只要把麦粒分离出来就行。连枷够原始的吧？据说商朝就有了。可在我们队，打连枷的人得是"技术人才"，我们想学，队长还不让，一怕不会打耽误时间，二怕打不好砸了脑袋。

用碌碡压场，也是一法，可队里只有两个碌碡，场又不大，效率也有限。再说，麦子虽不多收，毕竟多了我们几个劳力。于是有人搬来长条木板、废石料块，围在场边，我们干脆一把一把搂起麦子，就向这些家伙的棱角上摔的摔，打的打，以甩下麦粒为最终目标。

　　为了吃上"两顿"面，我们向贫下中农学会了磨面；为了解馋，我们居然磨出了"富强粉"！这可是十年浩劫期间在北京也难吃到的呀。

　　我们队还不算最穷的，虽然推碾子全靠人力，但磨面，还可以排队用到驴。驴蒙着眼上了磨道，人就操心磨盘吧！起初，我们也像老乡一样，为了最大限度地吃到面，就把第一遍、第二遍乃至第三遍不同颜色、不同粗细的面粉，再加上麦麸子，统统混在一起吃，差不多相当于三年困难时期最粗的面。后来，也是实践出真知吧，我们发现第二遍、用最细的筛子筛出来的面，又白又细就像富强粉嘛！实在太馋了，再加上从小养成的不精于计算的习惯，大家一商量，宁可只磨出几斤"富强粉"，也要美美地吃一顿，剩下的全是麸子面，认了！

　　　　　　　　　　　　（原载《经济日报》特刊 1994 年 7 月 6 日）

在那远离北京的地方（连载五）

八十里赶集

　　到县城赶一次集的代价是：误一天工，损失一天工分，翻两架山，来回八十里地，早起晚归，比"受苦"还累。听起来多不值得！可我们在吃完麦收后的那顿面时，已对赶集到了不辞辛苦的热衷程度，常常倾户出动，间隔时间也渐渐地缩短。

　　原因很简单，肚子里一点儿油水也没了，得去县城脏兮兮的小饭馆打打牙祭，补充补充。还有，须把吃得胃直反酸水的玉米面送去加工成粗粉条状，以便当面条煮着吃，改变一下伙食状况。

　　离京半年多，每天杂粮、酸菜、咸菜、辣子，少油没肉。大家从北京带来的、家里寄来的糖果，都分吃完了；后来，有那么一天，全户成员坐在炕沿上，把最后半瓶白糖一勺一勺吃完了。

印象中最初的一次上县城，是刚开春时节，叫去检查身体。在县医院简陋的门诊部里，先量血压。捋起袖子时，吃了一惊，继而脸红了：胳膊上布满如地图样的不规则黑纹。医生问："咋搞成这样子？不洗澡？"可不是没洗过澡！水，舍不得用；柴，将够烧饭（用多了，打柴也误工）；夜里睡觉，再冷也忍着不烧炕，哪儿还敢想洗澡。检查完身体，根据医生指点，我们寻到县浴池，每人花几角钱洗了个热水澡。那公用大浴池里腾着蒸气的浑汤，现在想起来有点脊背发凉，可在当时，一边嚷嚷"就这水，洗和不洗差不多"，一边也都跳进去了，因为身上捂了一冬，太痒痒。

　　再后来，天转暖，洗洗涮涮就降为次要矛盾，而活路重、体力消耗大、伙食差的问题，日益突出了。说起来，陕北为革命作出重大贡献的乡亲们，当时不都过的是一样的日子吗？除了夏天，其他季节都不洗涮，棉袄棉裤空心穿一冬，"搞卫生"的主要方式是捉虱子。吃的，不少家庭比我们还差，喂得起猪的，也只敢在春节杀一头……他们不也活过来了！是的，他们世世代代在黄土高原上生活，其结果是，三四十岁的人满面风霜，貌似年过半百；从小到老，营养不良，许多人故世时，名为病死，其实就是耗干了体力。

　　每次赶集，我们几乎是在观看陕北高原一幅幅风俗民情画，那场景，与电影《秋菊打官司》拍摄的自然镜头差不多，只不过二十多年前，经济上还要困难一些，也没有电影中那么热闹。

　　集上，买的卖的，摩肩接踵。一般都是交易初级农产品和简单的手工制作品，以实用为主，也有的兼具民间工艺色彩。那个时代，城市服装尚且蓝灰绿"老三色"，陕北农民更是以黑为主的家织粗布一统天下了。间有年轻女子穿件用布票"扯的细布"做的花布衫，那就是集上的惹眼人物了。

　　这就是当年的陕北农民，这就是他们的生存空间。每每想起周恩来总理 20 世纪 70 年代初回延安时，见到为革命付出重大牺牲的老区人民还如此困难，曾为之潸然泪下，我就总感到心里沉甸甸的。因为我见到过他们，就不能视而不见；知道他们至今还不富裕，就不该形同陌路。也许我对之没有直接的责任和义务，但总觉得，这辈子不管怎样，都不能忘了他们，就算只有一支笔的力量，也该为他们"呐喊呐喊"——想起这个词，就像听到当年队长呐喊我们上工一样。

（原载《经济日报》特刊 1994 年 7 月 13 日）

在那远离北京的地方（连载六）

茫茫雪原

"珍宝岛"事件发生，群情激愤。我们这些"插"在黄土高原深山沟里的革命后代，待不住了。大家七嘴八舌，中心意思是如果这辈子赶上战争，我们绝不能窝在后方。而当时大家认为"上前线"的方式，无非两种，一是当兵，二是当不上就想法"插"到距中苏中蒙边境最近的"前沿"去。

1996年7月20日《经济日报》

是年，我们知青户中两个军队干部子女回京想法参军去了。我呢，根据当初去不了兵团的遭遇，没有向黑龙江生产建设兵团方向努力，而决心"投奔"我们学校在内蒙古插队的高年级同学，因为从地图上看，锡林郭勒盟阿巴嘎旗是很接近中蒙边境的——那个时代，我们是多么虔诚又充满激情啊！

分配到内蒙古的北京知

116

青，都是在夏秋季进草原的，因为冬天的雪原冷到零下二三十甚至零下四十摄氏度，要有个适应过程。而我这个散兵游勇，是自愿前去，当然顾不得季节不季节了，恰恰是在最冷的 1 月份北上的。

一路上顶风冒雪。千里路途，一截一截怎么搭的车，今天已全然想不起来了。唯一记得清的是越往北走，闻到周围人们身上的羊膻味越大，不论行车住店，那浓烈的膻气从每个人的皮袍里散发出来。当时我想过，除了涮羊肉我吃不了其他做法的羊肉，到了草原可怎么生活？但那只是"一闪念"。为了神圣的事业可以吃尽天下苦的雄心壮志，左右了我们这代人的信念；更何况，后来的实践证明，人的生存本能是十分顽强的，环境和条件，足以迫使你乖乖地适应它。

终于到了苏木，到了噶查，终于找到了我投奔的浩特。浩特，两三或三四个蒙古包组成，也就是一个浩特两三户人家，散布在辽阔的草原上。几十里才有一个浩特，以便牧民各放各的羊，羊群各吃各的草，避免掺混——羊掺群是事故，分群时要反复轰着羊跑，损失很大。

到了草原才能感到它的辽阔，放起一群超过一千只的羊群，才感到"拦羊"时唱着信天游的陕北老汉，率领的那几十只山羊的队伍规模之小。

内蒙古大草原上生存的绵羊，夏秋长膘，冬季要保证不冻死饿死，来年春天接羔。我生活的浩特共三户人，两户牧民，一户知青。那时"户籍管理"很严，我没有办转插手续就来了，同学担点儿风险收留了我。我立刻进入牧羊序列，吃知青户的粮食和肉，挣的工分记在知青户的"共产主义"账上。

初到草原时，与晒得冻得满脸黑红、一身膻味儿的同学比，我还像个城里人；过不了多久，我就一样地黑红了，并且不再闻得到别人的膻味儿。也就是说，每天混在羊群里，再加上吃羊肉，我自己已入乡随俗，膻得上档次上水平了。

（原载《经济日报》特刊 1994 年 7 月 20 日）

在那远离北京的地方（连载七）
牧羊故事

放羊，学问可不小，尤其是在冬天。冬季天冷风大，羊群顶不住呼啸的北风，容易顺风跑；而羊是集体财产，是牧民包括我们知青的生产对象，跑散跑丢可就坏事了。所以早晨出群时，要先观天象，如果风刮得不善，就得一股劲儿轰赶着羊群顶风吃草，一直坚持到过了中午才能放松，这时，羊就自己掉头顺风吃回浩特，日落归栏了。

再有，冬天放羊一般不让骑马，为的是养护马。在零下二三十摄氏度的雪原，如果羊散了群，策马赶羊，马出大汗，轻则受内伤，重则出大事——马是牧民的坐骑兼生产工具，好马是牧民的命根子，牧民的骄傲，因此冬季一般是骑骆驼放羊。要是赶上一匹不愿让人骑的捣蛋骆驼，你就得认倒霉，身穿十多斤的德勒

1994年7月27日《现代日报》

（即皮袍），脚踏几斤的毡疙瘩（即毡靴），发疯一样在雪原上来回奔跑、拼命呼喊，来管住这一大群羊。

我们放的羊群将近一千一百只，这数字听起来挺让人自豪，可为这一千多只羊的不死不丢，人可没少吃苦受罪。我曾经因为追顺风跑的羊，被马甩下来摔得满脸是血，至今留着伤疤。这在后面说。

最初，让我受老罪的，是与骆驼打交道。别看骆驼高高大大，在它身上坐个百八十斤的人不算啥，那它也宁可不驮这百把斤。而上骆驼又与上马不一样。骆驼高，须人拽着鼻绳把它拉跪下，人跨上去，它再连哼带吼站起来。捣蛋的骆驼，就在你左脚踏镫、右腿正迈两个驼峰间的一刹那，突然站起，把你甩下来。摔成什么样，它当然不管。为此，我就被迫经历过有骆驼骑不成与骑上去下不来的遭际。

一天，早上开始刮白毛风，也就是暴风雪的前兆。羊群格外不好赶，骆驼变着法儿不让骑。我尝试几次都没跨上去，也幸好抽腿快没挨摔，于是下定决心"腿儿"着放羊。风越刮越大，羊散成一线，这头刚轰得顶风走，那边已经顺风跑了。我也顾不得冻头冻脸，把围巾帽子全摘下，一手一件，拼命挥舞，连蹦带跑，高声叫喊，有意义没意义的词汇、呵斥与风雪搅成一团，头发、睫毛都结了白霜，而皮袍里，内衣全湿透了……

现在回想，如果那场景能有录像，我一定与精神病人一般无二。而同伴告诉我，这样的情况，人人都经历过，其他季节还在其次，冬季最甚。无垠的草原上，就你一人赶着一群羊，你可以任意呼喊高歌，手舞足蹈，包括随地"方便"。你很难遇到其他人，自然也难得到帮助，一切都靠自力更生了。事实上，最好也不遇上人，特别是牧羊人——要是另一群羊在地平线上出现，双方牧羊人都将紧张起来：千万不能掺群！

（原载《经济日报》特刊 1994 年 7 月 27 日）

在那远离北京的地方（连载八）

险些"光荣"

"光荣"，一般指的是牺牲，我在这里权且借用作负伤或落残疾。同伴中，有过被惊马甩下拖镫昏过去的，也有冻伤手脸脚的，有人脸上留下了抹不掉的冻痕。我只讲讲自己的两次历险。其中一次同骆驼有关，另一次祸起刁马。

前面讲过有骆驼骑不上，还有一次是骑上去下不来。那是一个和暖的冬日，轮到我歇一天，我就跑到几十里外另一个浩特，找知青玩儿去了。第二天一早，赶回去放羊。起身一看，白毛风刮起来，变天了。同学眼看我顶风跑回去很困难，就借给我一匹骆驼——这是一匹不愿让人骑的骆驼，好在从浩特出发时，众人七手八脚，制服它不难。

一路上，它不断地耍脾气，"打打停停，停停打打"，一会儿突然狂跑一阵，一会儿不管挨多少马棒，死活不走了。我知道它的目的是把人甩下来。不久，我的脚开始冻得一阵阵针扎般疼，因为昨天是徒步走路，没穿沉甸甸的毡疙瘩，眼下，条绒棉鞋显然顶不住风雪袭击，此时应该下来走一阵，活动活动腿脚再骑骆驼赶路。

　　但我清醒地意识到不能下去，如果下了骆驼，我一个人对付不了它，就骑不上去了，那将无法按时赶回去放羊。于是我只能忍着，不停地用渐渐失去痛觉的腿脚磕打骆驼的肚子，用马棒抽打它的屁股，坚持一股劲儿跑回去。

　　大约8点多吧，终于见到我们的浩特了。看着将要出栏的羊群，我高喊着迎出来的牧民女主人南斯拉，翻身下骆驼，岂料，我没能站住，一下子跌倒了；南斯拉赶上一步挽起我，我向前迈腿，又跌倒了，原来，双脚已毫无知觉。大家把我架回蒙古包，南斯拉和丈夫岗布阻止了同学给我脱鞋烤火的举动，跑到风雪里，砸开冰窟窿，打来一盆满是冰块儿的水，把我的脚放进冰水，他俩一人揉搓我的一只脚。

　　眼看他们的双手冻得通红、发紫，而我的脚，异样地泛白，从毫无知觉，到渐渐感到水是温的，其时，水里的冰碴还未化尽。贫下中牧用"拔寒气"的办法，保住了我的脚！这次实践，使我们知青长了知识：如果把冻过了劲儿的手脚直接烤火，结果将坏死、烂掉。这次经历，也使我们感受到，少数民族兄弟对北京知青怀着生死情谊。事后，南斯拉因为一贯的表现加上这次救助行为，被评为学习毛主席著作、教育帮助知识青年的积极分子。

　　还有一次历险，使我当了至少半个月的"日本军曹"。也是赶上天气不好，羊顺风跑。那天，我有幸得到一匹跑得不快、不撒野的马骑。刚学会骑马，自然喜欢慢马，可谁想到慢马并不意味老实。这匹马的毛病是欺生，你要是上马不利索，它就原地掉转屁股甩你。眼看着羊群顺风跑远了，我还在与马周旋：穿戴太沉，踏镫翻身上马动作笨重，上一次它甩我一次。

　　远远的地平线上，出现了另一群羊，我终于急了，一马棒抡过去实实地打中马屁股，同时翻身上马；马也毫不客气，猛一扭屁股，把我脸朝下实实地摔在地上。爬起来，顾不得头晕眼花，脸上火辣辣的，抹了一手血，一马棒赶走马，我发疯一样向羊群跑去……晚了，两群羊掺群了！对方牧羊人先是冲着我大喊大叫，后来大约看清我满脸花红的惨状，再说什么也没用了，只好挥起套马杆，策马分群。

　　我自知闯了祸，但实出无奈，况且自己代价也不小：脸上所有凸出部位全都摔破，肿得变了形；涂上紫药水后，一块一块结痂，最后脱落的是鼻尖与人中两处，活像个留着"仁丹胡"的日本军曹！

（原载《经济日报》特刊 1994 年 8 月 3 日）

在那远离北京的地方（连载九）

笑话两则

　　我们这些"老三届"，念小学中学时受的是最正统的教育，"正统"到长大后意识到许多常识性的东西都不懂，譬如人类或动物界生育繁衍的科学知识。插队时闹的笑话，时不时与此有关。

　　留在浩特做饭，既是好事，也可能是苦事。好在如果熟练的话，花不了多少时间，可以抽空儿看书，还免受雪原牧羊之风霜；苦在如果不熟练，就要担负全"户"归营吃不好饭的责任，于是心情和动作就会比较紧张。

　　我是在放了相当一段时间羊后，才排进轮流做饭的序列中。因为最初根本不会挤奶，那就煮不了奶茶；万一再烧不好牛粪火，就连开水、手扒肉也对付不下来了。终于有一天，我敢于承担做饭的任务

了，因为这么长时间，我觉得看也看会同伴怎么挤奶了——尽管在试着挤时，发现十分吃力，手劲儿，特别是虎口力量不够。

那是个好天气的日子，人们各干各的去了。我准备好挤奶桶，高高兴兴牵了一头牛往桩子上拴。倒霉，这是头倔脾气的牛，好坏不让拴！我拉紧鼻绳，它疼得不行，总算是拴住了。然后它就开始扭动，不让人往屁股后头站。我耐心地拍它哄它，使它安静下来，而后单膝跪地，双腿刚以"标准姿势"夹好奶桶，它却猛一尥后蹄，"当"地踢在奶桶上，桶滚出几米远。

为了煮奶茶，必须与它周旋。我又一次调整好角度，还没俯身到位，它就又是一脚，差点儿踢在我腿上。这下我可有点儿火了，怎能容它老欺负人！我找来马棒，朝它屁股上抡了几下子，又到桩上紧了紧鼻绳，前后都吓唬完了，再一次单膝着地……"扑！"它又来了一蹄子，实实着着踢在我的膝盖上，疼得我一屁股跌坐在地。牛，仍在烦躁地扭动；我抱住膝盖，眼泪涌上眼眶。这时，岗布回来了。他威武地骑在马上，问："你在做什么？你怎么啦？"我委屈地蜷在地上，答："我挤奶，牛不让挤，踢我！"岗布显得有些诧异，驱马到牛跟前看了看，突然哈哈大笑起来："你拴的是公牛！"

还有一桩"故事"，发生在一个阴云密布、北风渐起的日子。放羊的、开会的，全走了。我和一个比我大 5 岁的老高三同学看家、做饭之外，受托照应浩特里另一户牧民家快要生小孩的妻子，那位粗犷的丈夫出去寻找接生的蒙古医生了。没过多久，孕妇开始呻吟，越来越厉害，我和同伴烧好水，备好卫生纸，但谁都不知道孩子将怎么出生，应该帮助孕妇做些什么。

孕妇终于疼得高声叫喊了，我俩紧张得面面相觑。天色越发阴沉，四外不见人影。怎么办？突然，同伴想起了《赤脚医生手册》。"找书，找书，赤脚医生！看看有没有讲接生的！"我俩窜回知青的蒙古包，抄起厚厚的《手册》，急急忙忙翻目录，按照目录找页码，翻书时，手有点儿发抖。"找到了，过那边去，现场对照，再说吧！"

　　我们冲进牧民的蒙古包，准备依照"本本"，现学现卖，解决问题。却意外地发现满头大汗的孕妇不再叫喊，坐起来了，她身前的皮袍下面，有东西在动……小孩儿生下来了！我们还没来得及活学活用，学用结合，急用先学，立竿见影，年轻的蒙古族少妇已被迫自力更生，完成了孕妇向产妇的转变过程，做母亲了。而我们呢，在那个时代，有的都二十几岁了，还没弄明白人类是怎样生育后代的。

（原载《经济日报》特刊 1994 年 8 月 10 日）

在那远离北京的地方（全文完）

生存空间

我是从农区到牧区的，经历了迥然不同的生活环境。其中，既有"吃苦"这一共同内容，也有民族、地域带来的不同感受。

就说"吃"吧！民以食为天，在哪儿生存，都得吃饭。在陕北时，觉得涮空了肚肠，馋油馋肉；在内蒙古正好反过来了，天天奶茶炒米手扒羊肉，一星儿蔬菜水果见不到，于是馋青菜。想起陕北的酸菜萝卜，哪怕是山上的野菜，要是能彼此调剂一下多好！有时谁家从北京寄点儿吃的，拆开邮包，如果有水果罐头，肯定比巧克力看好，成为大家先"共产"的目标。

在内蒙古大草原，吃羊肉算吃出水平了，既然自己已膻到肌肤中，便根本不觉得羊肉膻。后来还常向别人宣传内蒙古水草好，羊肉不膻。别管事

李东新闻作品选

128

实上膻与不膻，反正知青的方针是煮羊肉时多放花椒、大料和盐，比起蒙古族同胞清水煮肉，我们还是进行了"深加工"的。煮肉的方式也很粗放。羊肉又冻又脏，杀完羊后就甩在蒙古包顶上风干，水又很宝贵，于是干脆不洗，在锅里添上水直接煮，煮得差不多了，歇火，待羊油凝固，揭起来存着炒肉用，然后拔锅泼掉第一遍汤（视同洗羊肉的热水），再加水煮至肉烂，就可以动刀子了。我曾用蒙古刀完整地、仔细地剔吃过一个羊头，现在回想起来，面对面地注视闭着双眼的温顺的羊脸，当时真不知怎么下的刀子！

再说烧的。在陕北是烧柴，山越砍越秃，村子周围早砍光了，为了砍柴，路远时能走出十几里地；在内蒙古草原，则烧牛粪，听起来挺脏的，其实风干了的牛粪基本没味儿。烧牛粪与烧柴道理相通，稀粪一大滩，风干了，易燃，如同薪炭柴里引火用的枯蒿，好烧不耐烧；干粪，瓷瓷实实一疙瘩，如同硬柴，靠它架住火。留在浩特做饭的人要承担拾粪任务，放羊的也要随见随拾，连出去串门、开会回来的，路遇牛粪，只要干了，拾得起来，统统带回。

说到水，就比陕北困难些了。夏天草原上的小水洼，别管脏、干净，秋冬后，或枯或结冰。所以冬天基本靠雪水。内蒙古的冬季，很容易下雪，但多数不大，每次下到两寸多，我们就赶紧趁着雪还没被风刮脏时，端起盆去划拉表层雪——草棵子里的脏，且不易收集。这样断断续续地，只能保证储存煮肉煮奶茶的两三盆水，所以，我们知青除了刷牙外，其他的清洁类事宜平时一概减免。

譬如，吃完奶茶泡炒米，我们可以熟练地用舌头把小碗从边沿到底部舔个干净，就不再用水洗碗。有时动筷子吃饭，吃完，用嘴唇把筷子从中部含住，"滋溜""滋溜"，两下子嘬到筷子头，一双筷子也算"洗"过了，插进筷子筒，下次吃饭，不分彼此。再比如，把水火结合起来节约也有法子。虽然三天不洗脸，偶尔用雪搓搓都可以忍受，但牙得刷。刷牙用刚化的雪水，受不了，可是又不值得为刷牙烧水，于是就在前一晚把几个杯子装满雪，放在灶台边沿。夜里牛粪火熄了，余热持续好一阵子，第二天起来，每人的漱口水就是温的，至少不冰。刷牙洗脸尚且如此，脚是基本不洗的，天太冷，睡觉时也不脱袜子。过了一段日子，实在又疼又痒，脱靴脱袜仔细一看，脚侧脚跟全冻裂了，密密排列的血口子里，渍着一道道黑泥……

　　凡此种种，是逐水草而居的游牧方式的必然结果，而我们当年是以"接受再教育""锻炼意志""准备打仗"的虔诚心态去迎接考验的。四分之一世纪过去，今天，我们已处于新的时代、新的经济生活层面。回首往昔，可能曾经十分幼稚、扭曲甚至落后，但那是一段实实在在的历史，它锤炼了整整一代人——当然，也有意见认为是毁了一代人。见仁见智吧！我认为在自己其后的经历中，无论物质生活还是精神生活的承受力，较之童年、少年时代优裕环境的造就，都坚强得多了，而这坚强，又大抵源于上山下乡的磨炼。

（原载《经济日报》特刊 1994 年 8 月 17 日）

在张家界的日子里（连载一）

我的开场白

编者按　1994 年年初，本报编辑部李东东同志赴湖南张家界市挂职，任市委副书记。最近，她根据自己在地方工作两年的所见所闻所感，撰写了一组文章，取名《在湘西北的日子里》，本刊从今天起予以连载。

这组文章的特点在于，它既是以新闻工作者的眼光深入观察一个地区的全面情况，又是以地方领导干部的身份在报纸上发表见解，素材真、角度新、生活气息浓郁。读者从字里行间，将能读出一种新的感觉，体会到在那相对偏远的张家界市，各级干部和各族人民如何投身于伟大的改革开放事业。

这套连载，在本期"我的开场白"之后，将刊发以下篇目：《地方选举"头一回"》《"上山下乡"第二次》《旅游兴市话旅游》《书记也要抓经济》《办好自己"分内事"》《送往迎来都是客》《酸菜鱼，油菜地》《"驻京大使"还得当》。

甲戌元宵至乙亥岁末，我在湖南的西北角——张家界市挂职，任分管意识形态工作的市委副书记。从 1994 年初到 1996 年初，我在湘西北的大山里，在当地干部群众中，度过了有声有色、备尝温暖与辛劳的岁月。

早有朋友问我，几年前，你写了《在那远离莫斯科的地方》、《在那远离北京的地方》，那么湖南挂职的题目，该是远离什么的地方呢？

刚刚别过的湘西同事则对我说，大家朝夕相处七百多天，共同为张家界的发展尽心竭力、艰苦奋斗，我们希望看到你心中的"第二故乡"，希望看到你和"山里朋友"的故事……

是的，我要写写湘西岁月里那些真实的故事，不论是苦是乐，是喜是悲，是成功还是遗憾。

做地方工作，与做新闻工作，在许多方面是不同的。过去，你可以笔走龙蛇，"纸上谈兵"，对稿不对人；而今，须"唱念做打"，面对实际，面对群众——得抓好自己分管的宣传思想战线，还得以实际行动体现出全党抓经济这个中心；要爬得起山，下得了乡，与基层干部和山区农民促膝谈心，对他们的问题与要求做出回答；须能说敢讲，轮到你作报告时，容不得怯场，应当有独到见解，还得力求形成自己的演说风格；在各种需要你出席的场合，主席台上，摄像机前，不管心里如何踌躇，都须得体地调控好表情仪态；中央首长和省部领导前来视察，在周到接待的同时，要善于抓住机遇，汇报市里的情况、前景和困难；面对境内外一批批官方的、民间的客人，要努力把张家界推销出去，还得争取把大笔小笔的资金吸引进来……

　　总之，我试图通过自己的实践，向朋友们提供判断的依据——挂职地方，究竟是镀金还是学习与磨炼？是去当"州官府尹"还是为老百姓办事？同时，我还想借报纸一角，告诉对张家界感兴趣的朋友，在那历史上一度被称为"无处无山，无山无洞，无洞无匪"的偏远一隅，拥有着何等奇特的自然景观和淳朴的土家民风；是怎样地富饶而贫困，封闭又开放；在奔向下个世纪瑰丽前景的征途中，还要迈出多么艰巨、沉重、扎实的一步又一步。

　　　　　　　　　　（原载《经济日报》社会周刊 1996 年 5 月 8 日）

在张家界的日子里（连载二）

地方选举"头一回"

　　一定会有朋友感到不解，在张家界这个被列入世界自然遗产的地方工作，不先讲讲奇山异水、发展旅游的趣事，怎么拽出选举这个作古正经的题目？殊不知，这是当年湖南省委组织部通知我提前离京赴湘的缘由；也正是通过到任后第一件事——参加市党代会换届选举，使我从新闻工作者的书生意气，迅速趋近了地方干部的心态与行为方式。

　　说来也巧，我离京赴长沙接转关系，办理一些其他事宜，然后赶到目的地湘西北大庸市（当时尚未更名为张家界市）那天，正是甲戌元宵节。据市里接我的同志讲，当地习俗，这个日子比除夕还热闹，少数民族与汉族群众，都聚集起来，舞龙，闹花灯。傍晚，当我们擦黑驶完最后几十公里山路，进入鞭炮声此起彼伏的市区时，一位朋友十多年前书赠我的一首诗，反复在脑海里浮现。诗作者是哪位志士，我记不得了，但诗的内容那么契合我当时的心境："大地春如海，男儿国是家，龙灯花鼓夜，长剑走天涯。"

　　第二天，我随市委书记肖征龙同志走进常委会议室，参加这个建市五年的地级市第一届党委最末一次会议，讨论即将召开的第二次党代会主席团名单——就这样，我与五大班子（市委、市人大、

李东东新闻作品选

市政府、市政协、军分区）领导成员见了面，加入了这个集体，开始进入换届党代会的工作程序。

其时，我完全抱着观察与学习的态度，因为过去全然没有这样的经历。以往在北京，逢五年一次换届的全国党代会、全国人大、全国政协会议时，与同行们一样，从新闻工作的角度，认真关注和参与报道、处理版面。而对地方选举，实在不甚明了，何况破天荒第一遭自己成了候选人。

我留心地注视着肖书记如何娴熟地指挥会前各种准备工作，注视着来自各个岗位的代表们严肃又兴奋的神态。不懂别装懂，没把握别讲话——我恪守这个原则，随班子成员一起，到驻地看望代表，参加主席团会议，大会开幕时，按顺序走上电视直播的会场主席台……接下来是参加分组会议，讨论修改党代会工作报告，确定今后五年的大政方针，而后，议定选举程序……终于，进行到大会最后一天，选举新一届市委委员、市委常委。

作为省委推荐的候选人，我同其他候选人一道，按党章的选举程序，需经过市级党代会代表们选举。既选，就有个选得上选不上、票多票少的问题。但我没什么心理负担。初来乍到，代表们认识我才几天，我还一件工作也没做，可以说是无功也无过，无恩也无怨吧！高票当选也好，丢掉几票也罢，我觉得都说明不了什么。而我面临的要紧情况是，身体快顶不住了。

我已经难受三天了。当时并不知道是严重的水土不服。说感冒吧，头痛但不发烧；说肠胃炎吧，腹泻但不呕吐。到大会选举、闭幕的时候，我浑身发冷，满背虚汗，腹痛腿软，只想蜷缩起来，能打个止痛针睡过去，但却必须端坐主席台上。

奏国歌、国际歌和投票时，还得起来坐下，坐下起来。我心里明白，一定要坚持到闭幕，绝不能中途跌倒，乱了会场；再说，大家同我一样的吃住条件，怎么偏偏就我不行了，还没干事先生病！

　　待到选毕唱票，我已头昏眼花，在台上硬撑，对当选市委委员的情况，无所反应；会议最初的两天，我还不习惯抬头看会场，现在，聚光灯变成了一团团火球，台下人影在不停地旋转，众目睽睽之下，我视而不见地抬起了头；倒数第二个程序，电视台播音员在台侧宣读决议，我转过脸数他手里的稿纸，一张、两张、三张；最后，国际歌奏响了，我抠着桌沿站起来，与大家一样挺胸直立，心里默念，如果只奏一段，我就能"圆满"站到散会……

　　我被急送医院打针输液，常委选举照常于当晚进行。23时，分管党群工作的副书记到医院来看我，慰问之余，祝贺我全票当选常委。全票？我还是有点儿反应不过来。在我从小到大参加的各种"选举"中，从没得过全票：少先队时选大队长，共青团时选团支书，部队嘉奖，单位评先，自己是不能投自己票的，否则就是不谦虚谨慎。这就意味着，只要当事人参与其中的投票，不可能是全票——这就是直到1994年时我对选举的认识。照这么说来，我才到湖南几天，大家还几乎不认识我，而有幸全票当选市委常委，首先是全体市委委员对省委人事决定的拥护与信任，对我的鼓励与支持，其次是由于我因病缺席。因为如果我参加了选举，肯定不是全票，缺的那一票，便是我自己的那一票了。

　　　　　　　（原载《经济日报》社会周刊1996年5月15日）

在张家界的日子里（连载三）
"上山下乡"第二次

　　我把自己到张家界工作称作第二次上山下乡，是相对"文革"中因为"走资派"子女身份，到延安、内蒙古插队，曾加入了那一场毛主席挥手指方向的"上山下乡"运动。当然，称挂职湘西为上山下乡，绝无贬义，只是想形象地表明，在湘西北的崇山峻岭中，作为地方干部，你要下基层深入群众，就一定得爬上山去——下乡必须上山，即为"上山下乡"之意。

　　万山丛中张家界，因山而穷，又因山而富；因山而封闭，又因山而开放。历史的沿革不难讲清。这里位于湘鄂川黔交界处，山高路险，林密沟深，长期以来，基本与外界隔绝。

　　封建时代，朝廷大约视之为"化外之地"；二战时期，连日本人也没打得进来。世居深山的土家族兄弟，勤劳剽悍，不知山外天地，更不知群山中几处独特的石英砂岩峰林地貌，价值几何。于是，由于封闭，直到 20 世纪 80 年代，这里不少地方仍处在贫困线下；也由于封闭，张家界、天子山、索溪峪等奇景，得以保存至今。

　　对于历史上因封闭、贫穷而保留下来的旅游资源，对于因发展旅游而有望实现的未来富裕，我将在后面讲到。这里说的"上山下乡"，是深山里还居住着相当一部分土家族群众，他们与旅游区周围已经富起来的农民相比，生计艰难，我们有责任到他们家里去，实地了解他们的状况，和县、乡、村干部一起，商讨使他们尽快脱贫致富的办法。初夏，一个艳阳高照的日子，我同永定区委郭树人书记一道，向他辖境内的贫困山村——熊壁岩村出发了。永定区，即原大庸县，因地级大庸市即今张家界市的建立，成为市府驻地而改县为区。永定区属于城区的比例还很小，大多仍是乡镇，其中包括部分贫困山村。

郭书记是全国百位优秀县委书记之一。他已经三上熊壁岩了。我认为他三上熊壁岩不简单，是因为上去一次就足以体会了。那"路"，就如鲁迅先生说的，是在没有路的地方走出的路——险要的地方，虽垒了石块、石板，仍要手脚并用，上山时抠着石头树根爬，下山时倒着往下退。最陡的地方，人可以上得去，牛可转不过身来。于是，山上耕地的牛，都是在小牛犊时，人用背篓背上去，在山顶成长，耕作，老死……

待到我们汗流浃背地爬了三四个小时，终于攀到顶上，才看清这里颇似我在陕北插队时的塬——高山顶上的平缓地带，方圆十几二十里，八百多口人，自成一个小天地。娃娃们就在山上念小学，一位近六十岁的民办教师教了二十多年书，快退休了，又上来一个19岁的后生，前赴后继，条件相当艰苦。在调查研究、访贫问苦中，我发现群众最欢迎的是我们带上山的医生和医生背上山的药品，因为山上谈不上什么卫生条件，妇女几乎百分之百患有不同程度的妇科病。

永定区委的工作做得很扎实，二十多个部门对口扶贫，针对高寒、缺水等不利因素，科技对症下药，反季节蔬菜、耐旱果木、经济作物的栽培试种已在进行……关键是修路！络绎不绝前来看我这个"市里女书记"的老百姓，男男女女，高腔大嗓，异口同声要修路。没有路，或者说只有我们手脚着地爬了老半天的那"路"，化肥、农药运不上来，反季节果菜运不出去，还是变不成财富；一个"穷"字，山下的女子不肯嫁上来，山上的女子一心嫁出去，连小伙子也跑下山去打工，再不愿回家……

6月底，山下已经开电扇了，可山上还得烤炭火。夜深了，我们还围着炭盆，和村支委一道研究脱贫的具体办法。打着火把摸黑赶来的乡亲们，久久不肯散去。他们知道没钱没电没机械，也知道不能完全靠政府，他们说，就是一年四季干，一钎一锤打，男女老少都动手，干它多少年，也要把路开出来。他们说，经商纳税，种地完粮，自古的规矩。如今政府免了贫困山区的农业税，我们也不能再向政府多伸手，我们自己先干起来，只求解决点儿买雷管、炸药、钢钎的钱……

多么可爱的中国百姓，多么淳朴的湘西山民！我心头一阵阵发紧，我知道自己只有一个选择，就是磨破嘴皮跑细腿，也得帮他们把几万元启动资金找出来！

（原载《经济日报》社会周刊 1996 年 5 月 22 日）

在张家界的日子里（连载四）

旅游兴市话旅游

1994 年 4 月 4 日经国务院批准更名的张家界市，是个新兴的旅游城市，不但正在以旅游兴市，而且可以说是因旅游得以建市的。

我前面提到它所处位置偏僻，交通闭塞，经济落后。20 年前，大概谁也未曾想到它将与旅游两个字沾边儿。经过"文革"结束后 20 世纪 70 年代末的探查与初步的、小范围的开发，80 年代初，林业部批准张家界为我国第一个国家森林公园。当时，作为一处风景区的张家界，同与之毗邻、三足鼎立的天子山、索溪峪，还分别属于大庸县、桑植县、慈利县，而这三个县又分属湖南的两个地州市。历史上，"养在深闺人未识"——这片地方只是三县交界"三不管"地带的荒山僻岭；一旦走出深闺，又看到了开发带来的效益，大家便一起动手，难免三县争利益，环境难保护。于是，国家出于长远保护开发的考虑，打破原有行政区划，于 1988 年批准建立了地级大庸市，使这片"大自然的迷宫"和不可思议的"地球纪念物"，不因行政分割而分割，得以山川相连而相连。

我挂职之前，正是第一届市委、市政府艰苦创业打基础的五年。先后 20 亿资金的投入，使张家界国家森林公园、天子山和索溪峪自然保护区的旅游设施，具备了不同程度的规模；而市政府所在的城区，也从原大庸县城的一片灰蒙蒙中，耸起了一座座带有现代建筑风格的高楼大厦。

市，建了；旅游事业，开始发展了；可读者朋友替我们想想，"大庸市"这个名字怎么样？有人曾笑曰：中国人讲中庸之道，落后了几百年，你们还嫌不够水平——"大庸"。有人则说，瞧人家北京人、大庆人、鞍钢人，叫起来多响亮，你们可倒好，大庸人！

我们的上一届班子，以面向世界、面向未来的眼光，明智地认识到更改市名、打出"张家界"这块在国内外已有一定知名度的牌子，对开放开发的重要意义。经过长时间、多方面的努力，终于在1994年春，得到国务院对大庸市更名张家界市的批复；同年夏，张家界机场正式通航，昔日偏僻闭塞的湘西北，一下子与山外的距离拉近了——腾空而起的波音737，两个小时就飞到首都，一个多小时就把客人送到祖国南大门！

当然，张家界市仍然是湖南最袖珍的地级市，它的地理位置是无法改变的，它的规模与经济实力，同发达地区相比，目前仍属小兄弟行列。可是，以旅游为龙头的发展方向，近几年的大踏步前进，使我们可以不无自豪地告诉朋友们：湖南一共有两个民用机场，一个在省会长沙，一个在山窝窝里的张家界市；湖南目前只有两所国家旅游局正式授牌的四星级宾馆，一个是位于长沙的华天大酒店，一个是坐落在张家界市区的祥龙国际酒店……

说到底，张家界市最拿得出手的，还是它拥有的独特自然景观。其核心景区，方圆达369平方公里。对风景的描绘，如果统计一下这些年各种旅游画册、导游手册和报刊杂志上的介绍文章，其文字量恐怕要以百万计。我肯定没有能力在千字文里描述它，这里，只试图以两个例子稍加说明。

张家界的市委书记副书记、市长副市长们，用"班长"肖书记的话说，都得是张家界的"大导游"。我们须随时准备接待前来游览或视察的各路客人，包括官方的民间的，境内的境外的，政治家企业家……有一次，我接待一批台湾客人，当时，千岛湖事件的阴影还没从他们脑海中抹去，开始的介绍与对话是审慎的，甚至有点儿过于严肃。当我终于使他们感到张家界市政府在社会治安和旅游设施安全方面对客人十分负责后，话题开始轻松了，转向对景观的介绍。这些多为初次来祖国大陆的客人中，不少人去过世界上不少地方，你说张家界的特点在石英砂岩峰林地貌，那我国和国外不少地方也有；你说是峰奇谷幽，空气水质都没有任何污染，似乎还没说到位。当台湾客人相继发问，一定要我用最简洁的语言概括出张家界风景"独特"在哪儿时，我被"挤"出了这么一句："这么说吧，在地球上，我们张家界的景观，其他任何地方无可替代！欢迎各位实地验证。""无可替代"——客人兴奋起来，感到可能不虚此行。当天下午，这些"满世界"见过世面的旅游者，就抖擞精神，实地体验"无可替代"去了。

此外，我再抄录一下1992年张家界市核心景区武陵源（即张家界、天子山、索溪峪的统称）被列入《世界遗产名录》时所获评价："列入此名录说明此文化自然景区具有特别的和世界性的价值，因而为了全人类的利益应对其加以保护。"《国际自然与自然资源保护联盟技术评价报告》则称："武陵源在风景上可以和美国西部的几个国家森林公园及纪念物相比。武陵源具有不可否定的自然美。

李东东新闻作品选

因它拥有壮丽而参差不齐的石峰、郁郁葱葱的植被以及清澈的湖泊、溪流。"

在这大自然赐予的奇景中，张家界人民挥洒汗水，在资金不足的条件下，铺游路，架索道，扩建公路以缩短市区到各景区的行程；在继续新辟景点的同时，国家集体个人一起上，餐饮、宾馆、旅游产品也在不断扩大开发规模……展望下世纪初，拥有"奇、幽、野、秀"的自然景观，同时拥有舒适便捷的现代化旅游设施的张家界市，将以中国旅游发展的后劲所在，崛起于湖南的西北角。

（原载《经济日报》社会周刊 1996 年 5 月 29 日）

在张家界的日子里（连载五）
书记也要抓经济

　　这个命题，严格地说不准确。全党抓经济，各级党委书记、副书记当然要抓经济，何以出来个"也要"？我这样讲，主要是针对自己这个学新闻出身、动笔杆为业、此前从未直接从事经济工作的"转轨"干部而言。

　　事情得从我挂职的第一年夏天说起。上半年，我基本在抓分管的工作：市委常委中心组、区县班子理论学习；对内对外宣传——市名更改、机场通航舆论准备等等；着手报社、电视台、讲师团、文明办、社科联等本战线的业务建设和队伍建设……

　　到了七八月份，市长李刚铤同志开始给我压担子了。这位学经济的老大哥，做过技术工作，当过一厂之长，又相继出任县、市地方官，我很佩服他处理政府工作的那份得心应手。他老人家先教导我说："人力资源、人际关系也是生产力，你得发挥挂职干部的优势，广泛联络在北京的各界朋友，为咱们这个欠发达的地区办些实事。"办实事，没说的。可一听那实事的内容，我心里直发虚。先是要去北京跑银行、跑项目、规模、资金等等事情。在报社工作时，我最初搞农村报道，后被调入总编室，相对来说，对农村情况比较熟悉；而财政金融方面的报道，则是财贸部的"专利"与权威所在，我实在很少涉足。好在我这个人还肯学习，不懂不敢装懂。另外，1994年张家界尚未与北京直接通航，到中央国家机关汇报工作得从长沙起飞。于是，从张家界到长沙整整一天车程，就成了随我赴京的副市长、银行行长们名为向我汇报，实为给我上课的时间。

初战有所收益，往后就收不住了。诸般事项中，投入精力最大、花费时间最长、牵扯人员最众的，莫过于为筹集资金，争取市里唯一一家股份制公司、也是湖南省第一家股份制旅游企业股票上市的"持久战"。

本来，我无意中从报纸上看到全国人大代表、老劳模吴仁宝领导的江苏华西村，无偿为西部不发达地区培训乡镇企业人才的消息，于是赶忙联系，欲为我们这个湖南的西部不发达地区争取到学习培训的机会。几经往返，定于1994年9月3日在华西村开班，为张家界市培训四十多名乡镇干部。正在忙于遴选人员、即将带队出发时，8月下旬的一天，市长郑重其事地找我，"商量一件急事"。

他简明扼要地谈了几分钟，就指着在座的一位年轻人说："他就是旅游公司的总经理，具体情况他向你汇报。反正公司B股上市，就拜托你了！""B股？A股我还弄不明白呢！再说过两天我就得带队去华西村了。""这件事难度大，非得8月底跑一趟，你就打个时间差吧，先飞北京，再从北京赶到华西村，辛苦喽！"

到了这个份儿上，我还怎能临危不受命呢，于是临时改订长沙到北京的机票，又踏上从市里到长沙的征途。可是说实话，这次行动，我心里更没底。因为中纪委"前五条""后五条"中，明文规定党员处级以上干部不得参与股票交易，我早就抱着这辈子不让做的事犯不着费心学的态度，多少年来，压根儿没动这根筋，对证券业可谓一窍不通。而今要到国家部委汇报，如果开口就是外行话，还不如不去呢！于是临时抱佛脚，连夜找出书来，能看多少算多少；一路上，我对旅游公司经理说，你也别把我当书记，开口闭口"汇报"、"请示"了，权当我是个学生，赶紧把你公司的情况和股票该怎么上市，从头讲起吧！

就这么着，有了一天车程断断续续的"口头教学"，加上第二天飞机上我再接着看书，强化"教学成果"。到北京后，进入角色时，小心谨慎，总算应对正确，没有露怯。此后，就算"上了套"，小车不倒只管推，一直到我离任回京，"车"还没"到站"，还在推。其间，旅游公司的同志锲而不舍，每前进一步，都要付出很多艰辛；北京和省里，许多部门，许多领导，给予我们真诚的指点与帮助；我呢，好几次想歇手了——比起争取财政对某件事情的专项支持，比起申请民委新增不发达地区发展基金，甚至欠发达地区最不易办到的银行贷款，这上市也真太难了。

可是又想想，发行股票并上市的意义太重大了——对加强张家界的旅游基础设施建设，带动地区经济发展；同时对实现江泽民总书记 1995 年视察时提出的"把张家界建设成为国内外知名的旅游胜地"的远景目标，上市也是带有改革开放意义的一项举措，此外，对当地干部更新观念，开阔视野，在常规经济运行方式中注入新的运作行为，无疑也是有益的。而在国际国内大市场上，"张家界"三个字如果能每天闪现在证券交易所和电视屏幕的股市行情表上，本身就是个扩大影响与招商引资的大广告！

接下来再想想，这么长时间，我们已经得到了多方面理解和支

持，想想肖书记、李市长始终在当地为这项具有开拓意义的工作营
造环境，想想张家界旅游开发股份有限公司一心把事业做大的年轻
人，这事儿，看来怎么也得办到底了。

（原载《经济日报》社会周刊 1996 年 6 月 5 日）

在张家界的日子里（连载六）

办好自己分内事

　　全党以经济建设为中心，是坚定不移的大前提；而各项工作要有效保证中心工作的进行，就得"分兵把口"，抓好自己分管的领域。

　　十多年来，我在中央新闻单位工作，专业性强，节奏快，同行之间，彼此说话，开口就"通"。初到地方时，我听着宣传部长连同宣传战线各单位的情况汇报，心想这可是真丰富，挺"热闹"：有些工作，我听了心里有数；有些部门，我连名字也没听说过；有的行业，我基本不懂；有的事情，我交代了，对方经历所限，不知从何入手……不过不要紧，终归是在意识形态的"大海里游泳"，同舟共济，总能到达"彼岸"的。

　　根据惯例，中央宣传工作会议、外宣工作会议在年初召开；接着省里开会，贯彻中央精神；然后市里开会，贯彻中央和省里精神。而市里的会，总是正好赶在"宣传工作的春天"——3月底4月初召开。"开春派活儿"，是地方工作规律，自应尊重。我这个"生产队长"考虑的是，如何落实小平同志"要腾出时间来多办实事，多做少说"的指示，同时也为了减少会议，强化一次性"导向"信号，于是申明"一年只开一次会，开一次会管一年"。在调查研究、听取意见、理顺思路的基础上，搞个贯彻上级精神、又有地方特色的管一年的报告，将工作方向明确，目标量化，然后拜托各路诸侯，职权所在，守土有责，放手做事，遇到难处，我这里当"后勤部长"。

各路诸侯大都精于业务，恪尽职守；若是哪一路要找书记汇报汇报，那就是需要你拿主意拍板，甚至担风险的时候了。

譬如广播电视微波网络工程建设——1995 年市里十件大事之一。之所以被列入大事，因为张家界位置偏僻，至今邮路不畅，报纸要三四天以后才能看到；与外界沟通信息的最迅速、最直观的手段，便是电视了。而由于山高、屏障多，加之财力有限，市政府所在城区与各区、县间电视信号不能沟通，各办各的节目，各看各的地方新闻，不利于增强内部凝聚力；没有微波传送手段，收视中央台和省台频道也很有限，不利于开阔群众眼界，丰富业余文化生活；此外，我们还是全省 14 个地市州中唯一没开通微波的一个市……

就我个人对电视的感受而言，在湘西与在北京时也大不相同了。以前就是"看"——电视是获取信息、休闲娱乐的首选工具；如今职责所在，不能只"看"电视，还得正儿八经主持"办"电视了——对电视台的节目设置必须提出意见，还得把微波工程拿下来。不巧的是，我对各种传播手段的认识程度，最不"通"的就是电视了，特别是技术知识方面。

好在我们拥有一支特别能战斗的队伍。宣传部常务副部长就是前任广播电视局局长，他是我最直接的老师和高参；广电局人员虽少，从老局长到技术科长，都充满信心了却这多年夙愿；而市无线、有线电视台和各区县政府，也都顾全大局，承诺从有限的人力财力中抽出力量⋯⋯那么我这个业务上的外行怎么领导内行？有什么事情需要我做主、定夺呢？

"一分钱难倒英雄汉"，在欠发达地区，办任何事情，关键得从经济实力出发。魄力小，钱少，办不成事；盘子太大，根本筹不起资金，也等于别办。我充当的角色又是边学边干，一方面尽量了解微波工程的技术和设备要求，一方面协调各种关系，落实资金，定下一个切实可操作的方案。

最初报上来的方案，在业务汇报时当场就被我否了。不是不体会设计者的苦心，也不是我专断，而是有了近一年参与经济工作的经历，我对市、县财政情况和银行贷款的可行程度比较了解：这个一步到位的方案在技术上是理想的，但所需资金距可筹集财力的距离较远，也就是说，盘子过大，在现有条件下，等于没法去办这件事。

可这是"十件大事"之一，年底必须向干部群众交代。于是，三易方案，包括改变中心发射台址，降低发射塔高度，压缩机房建设费用，在相近质量水平下，选择价格较低的设备⋯⋯资金数额压下去差不多 2/5，获得常委办公会议通过，"办微波"的文件及筹资方案发出了。

但是，幸福不会从天降，社会主义的钱等不来。各区、县，各单位，都诚心诚意执行市委决定，支持这项工作，可由于财力都紧，几乎没有一家按时把钱打进工程账号。一方面，中心发射台址一碗水村工地上，男男女女齐上阵，顶着烈日，挖土挑沙打地基；广电局技术骨干兵分两路，一路出差买设备，一路带着铺盖住到一碗水，指导民工盖机房。另一方面，该付给厂家的设备款，该发给老百姓的劳务费，还都没有着落。这时候，我和市委宣传部部长要抓的实事就很明确了：尽快把钱"跑"回来。

　　靠一纸文件，靠电话催问，还不能解决问题。我们一家一家跑，与区县长们，与财政局长们"促膝谈心"，现场办公，最终形成区县常委办公会议决议，把事情砸实；需贷款筹资的单位，我们再一同去做银行的工作……因为我把资金盘子打得实在太紧了，还留着一个不小的缺口。最后，跑完"下"再跑"上"，又赴长沙向上级有关部门汇报，取得道义上的支持和或多或少的资助——我和市委宣传部长一道，就这么着，为在前方冲锋陷阵的干部群众，当了一次"后勤部长"。

　　　　　　　　　　（原载《经济日报》社会周刊 1996 年 6 月 12 日）

在张家界的日子里（连载七）

送往迎来都是客

不少朋友对我说，湖南省把你"挂"到那么一处好山水，一定玩儿美了。这话说对了前一半——张家界的几处景区，确是好山水；后半句话可真不是那么回事——我在市里工作两年，还不如"投奔"我去的朋友几天玩儿的地方多呢！

说起来很简单，一是没时间专门去玩儿；二是凡"玩儿"，大都是陪客人，而因公务前来、需市里陪同的客人，停留时间大都短暂，所以只能去最主要的两三处景点。于是，安排我全程陪同客人时，便总是重复地去那两三处景点，以客为主，走马看花。

那么，我在接待会议或团队客人时，凭什么像模像样地介绍张家界呢？主要靠的是"第二手"材料，除了经济建设方面的数据外，先是一些早期的旅游手册，1995年夏秋后，则靠我们集全市之力编辑出版、在全国发行的《中国张家界》风光画册。多亏《张家界日报》美术编辑千辛万苦征集补拍了那么多照片，在把那几百张反转片打幻灯，为编辑画册选照片时，我才得以对全市范围内不同景区、不同季节的好风光，有了全面的认识——尽管有点遗憾，不是实地体验。

我说自己挂职两年，有限的观景多是为了陪客人，绝非怨言。

因为对于新兴旅游区来说，客人来得越多，才是事业兴旺发达的标志。面对每年数以百万计的旅游者，我们的旅游局指挥下的旅游系统，已初步形成了服务体系。而市里各级干部，则认认真真陪他那个"口"的客人。此外，省里明确指示市里出面陪同的客人越来越多，也说明客人的身份与接待规格在提高，张家界的知名度在提高。

1995 年 3 月，江泽民总书记前来张家界市视察农业山地开发和旅游建设情况并题词后，中央、国务院部委领导和境内外知名人士逐渐来的多了，这是令人高兴的事情，同时也促使我们不断提高接待水平，有时，还会遇到出乎意料的"效益"呢！想来，市里有经验的领导同志，一定在经常陪客的同时，做了不少工作，我是小巫见大巫，只能举个自己经历的例子。

1995 年 5 月底，港澳著名人士访湘团从长沙抵张家界。客人不少，市里从市到部、办、局，相应出动不少人陪同，我也在其中。漫步景区时，统战部的同志介绍我结识了一位热情的女士，张学良将军的侄女张闾蘅。她很开朗、健谈。我们交换名片后，边走边聊，得知她为海峡两岸的交流，为照顾她伯父伯母，做了不少事情。第二天上午的日程，是参观市里唯一一所大专院校武陵高等专科学校。参观快结束时，我和闾蘅女士碰巧走到了一起，她随口问了我一句，这样的学校，张家界市有几所？

我不久前刚刚下乡，遇到山里孩子因贫困而失学。我们的经济水平和教育水平都差得远，我不想掩饰这点。当时，我没有犹豫，照实回答："我们只有这一所大专院校，并且许多教学设备是日本友人赠送的。我们还有两所不错的中学。但山里的孩子，也有交不起一学期仅仅 50 元的学费而失学的。"闾蘅女士显得有些惊异，问我这样的孩子有多少？我说我告诉分管文教的副市长，他午饭时会回答准确数字。我们道别后，各自上车了。

下午，为访湘团开座谈会兼欢送会。一位先生发言毕，张闾蘅女士激动地站了起来，手里拿着一张写满字的纸——从她的即席发言中才知道，原来，她听了我上午讲的情况后，心里很不平静，午饭后一点儿没休息，挨屋串联，邀集访湘团人士，自愿捐款资助失学儿童。不但每位女士先生都签名并定下资助孩子的数目，还替先返澳门的一位企业家做主签了名。这些港澳知名人士资助了多少失学儿童？ 3000 名。

上面说的是公陪。一般情况下，接待公家的客人，不用你太操心，因为市里有个年富力强、精明周到的大管家——市委秘书长朱国军同志。他与他指挥下的市委办、接待处，运筹帷幄，决胜千里，总能协调、安排好人员、车辆、日程等等，你只要服从调度，出面待客就是了。而对投奔你来的朋友或朋友的朋友，便须自己留心运筹，来的都是客，大老远跑一趟不容易。

可是张家界的特点，与泰山、峨眉山等很是不同。在泰安或成都，只要接到客人，安排好食宿，送至"山门"，就没你什么事了——客人自己进山游览，你就是想帮忙，总不能代步吧！张家界市的特点是有多处景区，不但彼此相距几十公里，且分别同市区也有几十公里之遥。路况最好最近的，半小时车程；远的，两个多小时，比北京飞张家界的时间还多点儿。

这样，客人落地后的交通条件就至关重要了。平时还好说，客人来了，我就自己走路上下班，司机、秘书帮着陪送客人，为避免不廉政，交些汽油费；若遇上休息日，再同时遇上计划外情况，就难免抓瞎了。我就有过教训。一次，赶上个少有的不开会没公陪的大周末，司机回老家了，秘书去婆家了，我则计划好好休息休息，补补平时亏的觉，还能从从容容看点儿书。岂料，星期五晚上，电话响了，朋友来的长途，说他的朋友刚刚到张家界了，专门挤出周末玩玩，拜托我务必关照……你说我能不傻眼？人走了，车没了，那一通忙乱，可想而知。

"历史的经验值得注意"——尽管客人事先没约的情况不多，但有时一个电话过来，也难免措手不及，总得想个办法。一方面，客人要接待好；另一方面，也要为工作人员考虑。司机小张、秘书小张，平时每天跟着我，赶上周末出差、下乡，照常出车，十分辛苦。好不容易有个休息日，拉家带口的，总不能老让人家跟着我绷紧战备弦吧。幸好，我的驾驶技术在"社会主义初级阶段"的基础上总算逐步前进着，且考下了实习本，不属无照驾驶。于是在没公务的周末，便放司长（湘西对司机的亲切称呼）的假；下班后，自己把车开回机关宿舍，停在单元门口，钥匙揣进衣兜。手中有车，心中不慌，遇到突发情况，我那点儿水平能对付就对付了，保险起见，请来我那七八位师傅之一，便再也不用担心招呼不住朋友了。

（原载《经济日报》社会周刊 1996 年 6 月 19 日）

在张家界的日子里（连载八）

酸菜鱼，油菜地

一些朋友，可能从观看某些影视剧中，形成这样的印象：同样级别的干部，一旦"外放"，便前呼后拥，场面不凡，车子越坐越小，房子越住越大，甚或成天出入各种社交场合，应酬不断……在发达地区，这样的情况相信是有的，而在我们那里，并非如此。我在"开场白"里说的，在湘西度过备尝温暖与辛劳的岁月——温暖，完全是就我个人受到的关心照顾而言；辛劳，则实在是从我有限的体验出发，述及那些长期扎根地方的同志们……

此说是有案可查的。我没有记日记的习惯，但不时记记流水账。诸如以前出差时，随手记下某年某月某日，到某省某市某县，采访某某人——录以备忘。挂职张家界，戏说一句，是个整整两年的"大差"，期间会遇到数不清的人和事。包括去过的地方，接触的人员，处理的问题，待办的事情，乃至资助失学儿童的乡、村、姓名等等，于是，我便随手记下了简单的流水账。

回过头来翻翻，简略的"账单"里，明确地提供了这样的信息：地方干部，特别是在欠发达地区加新兴旅游城市工作的地方官，基本上没有什么休息日，一年忙到头，实属家常便饭。且不说每位领导分管的工作，在经济水平和人口素质都不够高的地区，做起来不会那么容易；全党抓经济，常委都得常去自己上山下乡的联系点，还得经常参加各级、各类会议；再就是我在上一章所述已属正常工作范围的陪客任务，大家便都树立起了常备不懈的思想。以我为例，除了日常工作，需接待属于宣传文化口的、按上级规定应接待的客人；此外，如果分管其他工作的副书记副市长或人大主任政协主席出差在外，恰巧他那个对口领域来了客人，秘书长就得视情况征求在家常委的意见，安排其他人陪同。以此类推，市领导之间，都会有互助合作、交叉待客的时候。

如此，工作日里，两眼一睁，忙到熄灯，常委聚齐很不容易。于是，市委中心组学习和研究重要问题的常委会，那就没什么说的，经常安排在周末。于是，没有周末的日子，大家也就习以为常。

这是从工作时间上说。生活条件呢，住房分配，同北京差不多，打分。市级领导，三室或四室一厅，家属没搬过来的"半边户"，就住两室、一室。由于缺乏建设资金，城市水电供应还不稳定，停会儿电，断个水，属正常现象。家家户户都有储水池，常备不懈存满水。我们挂职的或半边户，一个桶就对付了。可常备不懈也难免有个懈的时候，一段时间没停水了，就大意了，说不定哪天上班或下乡出门时，忘记存水，回得家来，一拧水龙头，滴水不漏，傻眼了，只好提上壶出去讨水，泡一包方便面，解决吃饭问题。有时赶上大热天下乡回来，一身汗一身土，没水洗澡可太难受了，两位小张就把水桶水壶装上车，绕世界找水去——东方不亮西方亮，城北停水，城南不一定停。

吃饭，也成了大家重点照顾我的问题。众所周知，湘菜是无辣不成席，机关食堂、社交宴请、路边小店，处处是个"辣"字。而我是一点儿辣子也不能吃。甭管大家鼓励我还是挤对我，说毛主席他老人家说的，不吃辣椒不革命，我也没能进步半点儿，只得公然声明，这辈子就算"不革命"了吧！可不革命也得吃饭，为了不使我总吃方便面、挂面凑合，市委招待所小田、接待处小许，经常在自己家给我做不辣的菜；有时我们到外面聚餐，她俩就守在灶间看着厨师，以免当地炒菜习惯性动作，顺手一勺辣子就甩进了锅。

再说那与我五百年前是一家、都姓李的市长和市长助理，还有到张家界创业的一位山东籍企业家，加上市长的龙"司长"和黎秘书，为了使我们这些半边户加朋友的伙食有所保障，不知不觉中，形成了"打平伙"的格局。打平伙，就是北京话凑份子的意思。第一次，我还没闹清楚什么叫打平伙，就被邀去一家川妹子开的酸菜鱼火锅店。川妹子会做生意，不像湘西不辣不做菜，张家界市最初的鸳鸯火锅，大约就是从此开的头。

我明白了，李市长选择这家店，主要是为照顾我，因为火锅能对半儿分，就意味着有辣有不辣。每次一上来，司长总是先点好不辣的内容，并且又先从"不辣"里盛出一饭盒，使我能带回家去再吃一顿。至今使我感动且不安的是，"平伙"不平，从来不要我掏钱，风水轮流转，就不到我家。我怎么说也没用，大伙儿口径一致：在湘西，没你出钱的份儿；将来，我们"挑担茶叶上北京"，你见不见，爱怎么请客，随你！

提起我的山里朋友，怎么也不能忘记我认的那些司长师傅。他们中，有专业的，有业余的，有企业家，有艺术家。

宋人杨万里诗云：

莫言下岭便无难，

赚得行人错喜欢。

正入万山圈子里，

一山放出一山拦。

本来讲的是人生哲理，可要是借用他的字面来形容湘西的地势，太逼真了：上山复下山，刚刚下得山来，又要准备上山，万山圈子里，没有几块平坝。我学开车，与当地同志一样，都是在山路上练出来的。当初根本没敢想，从握住方向盘，弄清手脚怎么配合开始，累计十几个小时就上了山路——这便是我那累计达七八位师傅教出来的。他们说，湘西全是山，要开车就得敢上山，掌握了基本技术，胆大心细，没问题。其实我明白，他们坐在我右边，比自己开车累多了，担风险，精神紧张。

刚学开车的一段时间，据师傅们说，我上路子算比较快的，摸车时间不多，开得挺顺利。"初级阶段"，基础还不扎实，又受点儿表扬，祸福相倚的道理，就被我忘到脑后了。

一次，我同市长一行，去深山里一个将要因修水库被淹没的村子，解决后靠群众的安置问题。归途，司长把方向盘交给了我，以示鼓励。在深山里，在一边是悬崖另一边是石壁，几十米便一个弯道的狭窄土路上，我小心翼翼开下来了。胜利出得山来，驶上柏油路，两侧一片片油菜地，金灿灿的，令人心旷神怡。司长连连提醒，路况好了不要大意，我脚下油门却越加越大，终于，在一段平路上与长途客车会车时，我判断不准，又没减速，偏了偏方向盘，直向右侧冲出路面，冲进一块油菜地——刹那间，挡风玻璃前一片金黄，我脑中则是一片空白……

事后回想，真后怕，若是没有及时踩死刹车，若是行驶在山路上，若是路边有行人，若是碰伤了车里人……大家都吓了一大跳，我垂头丧气回到后排就座。市长他们见我"肠子都悔青了"，一边安慰我，一边帮我赔偿老乡的油菜籽钱，同时反复告诫，再也不能开快车了。市长为了对我加强教育，到还是非正式地采取了"行政处罚"措施，宣布从此不坐我开的车了。

　　这次有惊无险，人车幸未损伤，但教训够我记一辈子的。当然，教训不止在开车，刚好点透了做人行事的规律——"翻车"，往往不在险路，而发生在坦途上。

（原载《经济日报》社会周刊 1996 年 6 月 26 日）

在张家界的日子里（全文完）

驻京大使还得当

　　"做张家界的驻京大使"——这是在我挂职结束，市里举行的欢送会上，五大班子成员、我的湘西同事们向我提出的要求。在那个使我感到亲切而温暖的会议上，大家向我说了许多心里话，其中，肖书记重申了他以前向我讲过的：在张家界工作期间，要当"外交部长"；离任回京后，还要做张家界的"驻京大使"。

　　我非常理解，这种表述，是湘西同志们对我的感情与信任，是希望不要断了我们之间的联系。

　　如果说到"驻京大使"，张家界市本身就有，市政府驻京办事处郑主任即是。作为一个新建地级市的驻京办总管家兼联络官，白手起家，八方联络，忠于职守，颇有办事能力，起码够得上驻外"领事"水平了。而张家界的同事们寄望于我的，是不要忘记我们共同为之奋斗的事业，不要忘记湘西北的大山和山里朋友；特别是，当我的第二故乡的乡亲们到北京看我或办事时，我们仍是一家人，我与他们再一同跑"部"前进，还是站在张家界的立场上。

　　而说到"外交部长"，两年时间里，我是有个接受过程的。当年，一去故园四千里，我是抱定第二次"上山下乡"的决心的。我觉得既然到了偏远山区，就要安下心来，扎到基层去，千万不能浮在面上，跑来跑去，像有的挂职干部，落个长驻北京的名声。所以，市里最初派我赴京办事，我很有些踌躇，私下决定，只此一次，下不为例。

针对我的顾虑，肖书记、李市长先后做思想工作，要我摒弃传统意义上的扎根山区闹革命的观念，从一切有利于生产力发展的观念出发，立足当地实际需要办实事。而欠发达地区迫切需要办的，多为对外开放性质的事情，无论在市里接待各路客人，或是出差市外跑项目资金，都是为了把经济搞上去，使老百姓过上好日子。

这样，我就时不时地根据常委意见，在事情攒到一堆或其中有急务时，飞一趟北京，麻烦在中央和国家机关工作的朋友。这类公务，已属挂职干部的正常"外交工作"，不必记述了；倒是有一次，同比我们湖南西北角还要偏僻的地方——湘西土家族苗族自治州的"外交往来"，使我增加了一次当"外交部长"的体验。

那是为了电视艺术片《沈从文》的开机仪式。从湘西边城走出山外、闻名中国与世界的当代文学巨匠沈从文，故乡凤凰县，在湘西土家族苗族自治州最南边；张家界未建市前，有两个县归自治州统辖，在最北边，本是一家人。建市后，张家界成为湘西北另一个市，与自治州成了兄弟市、州关系。

年轻的张家界电视台，与潇湘电影制片厂合作拍摄《沈从文》，是件弘扬中华民族文化与宣传文学大师的好事。但按当时当地人们的习惯与感情，这里有个运作方式还须转变观念的问题，那就是自己家乡出了名人，如果由当地拍片加以宣扬，似乎更顺理成章——就如为纪念贺龙元帅百年诞辰，元帅家乡张家界市桑植县，拍了电视剧《两把菜刀》一样。而自治州原本就有拍《沈从文》的计划与实力，却让张家界市抢了先，且主要外景又将在自治州凤凰县拍摄，于是，这市、州两方共同主持，在沈从文故居举行的开机仪式，便成了带点儿敏感色彩的事情。

为节省时间，我没走大道，抄近路从古丈方向直赴凤凰县，因此也就没路过自治州首府吉首市，不清楚对方的安排。一路上，我想，《埃及艳后》是美国人拍的，轰动世界，埃及人并没有不高兴；《巴顿将军》也不是巴顿乡亲拍的，照样是包括巴顿家乡在内的美国以至国际电影界公认的精品。张家界市拍《沈从文》，应当不是伤害别人感情的事吧！

抵达凤凰县，市里先行赶到的同志不安地告诉我，自治州没有来副书记，来的是副州长，凤凰县委书记也没出来，似乎……我说不要去计较规格对等不对等，也不要计较对方姿态，赶了几百里路，我不是来赴"鸿门宴"的，为的是以诚相见，协调关系，拍好片子。

仪式上，安排我最后发言，算是"收场"的意思吧。听着研究沈从文的专家学者、电影厂代表、凤凰县与自治州领导相继发言，我就琢磨该说点儿什么。我不爱说也不会说套话，但也不敢保证每次都能说出新话。何况此行使命不同。蓦地，一个想法在头脑中形成。

轮到我收场了。我说，专家学者与沈老家乡代表的发言，很权威也很全面，我不再占用更多的时间。我想起一句大家熟悉的名言，可能有助于我们的合作。这就是，"科学是没有国界的"，我套用一句，"艺术是不分地域的"，张家界市电视台、潇湘厂拍摄《沈从文》，湘西土家族苗族自治州、凤凰县提供支持与方便，这既说明了我们对文学巨匠沈从文先生艺术造诣的认同，也体现了兄弟市州之间的精诚合作……后面的事，就不必细说了，大家谈笑风生，来到沈家老屋前，携手揭开了摄像机上覆盖的红绸巾。

今天，当我粗线条地勾勒湘西挂职时，许许多多真实的故事，就像发生在昨天那样切近，又像如烟往事般远去了。我写下的几篇文字，仅仅是自己有限经历中的所见所闻所遇所感；我纵有十二分的愿望替大山里的朋友们、同事们说说话，也难表达于万一，他们如果动笔，相信要丰富得多、精彩得多。此外，两年时间里，还有

许多没来得及办的事情，也一定有着我意识到或没意识到的过失。

我赞同这样一种说法：热爱大山，热爱长城，热爱亲人的人，是有良知的；纵然犯有过失，也有权得到宽容。两年地方工作，我不敢说积累了多少经验，但这份经历，在我的一生中是弥足珍贵的；许多山里朋友，将成为我终身的朋友。

可以说，我是热爱大山的。这是什么样的山呢？且录——《人民日报》前总编辑、我国著名新闻工作者范敬宜 1994 年春天实地观览后的即兴挥毫：

> 当年沧海忽腾烟
>
> 涌出万峰拄南天
>
> 华夏名山三十六
>
> 最奇最幽是此山

也可以说，我是热爱第二故乡的亲人的——当他们遇到难处时，当他们需要帮助时，当他们"挑担茶叶上北京"找我时，这张家界的"驻京大使"，我还得当。

（原载《经济日报》社会周刊 1996 年 5 月 15 日）

红尘

第三部分

言论

有感"漳州水仙好"

漳州水仙好，家喻户晓。

岁末年初，北京人每每搜求几头水仙，请人雕刻，精心培育，以求在万木凋零的隆冬，获得一室春意，感受幽芳、雅趣。长时间来，笔者一直以为，凡漳州水仙，皆为上品；直到不久前一次闽南行，才知这个印象有些误差。

那是在漳州市龙海县，与县里同志座谈创汇农业问题时，偶然谈到水仙，县委书记林殿阁介绍：所谓漳州水仙，其实主要产在龙海县；而龙海的水仙也并非都好，只有九湖乡圆山附近 2500 亩地产的才为真正上品。笔者问其故，一位主管农业的老同志对答如流："这地方周围是平原，中间是海拔 500 米的圆山，形成了独特的小气候；土壤是九龙江冲积平原的半沙壤土，有机质含量高；灌溉主要依靠圆山的山泉，水质特别好。这几方面条件，使圆山成为水仙之乡。而与之相距仅一公里的百花村，虽然也盛产水仙，但质量就差多了，不仅花蕾少，花期短，且远不如圆山的芳香。"

老同志这番话，说的是水仙，却使我想到水仙以外的一些事情。过去从书本上知道："桔逾淮而为枳"，也懂得系地气使然、水土相异的道理，但总认为那毕竟由于地理上距离过远，想不到水仙仅以两里之遥，质量就有如许差异。天地之间，学问实在太多了。

于是由作物种植的需要因地制宜，谈到知人论事的需要区别对待，进而论及政策的普遍性与特殊性的关系，一次座谈，竟成了一堂别开生面的哲学课、政策课。

如果说，水仙的变异反映了自然规律的作用，那么，经济与社会发展，同样受类似规律的左右：因地制宜，实事求是，方能获得最佳效益。而政策的制订与实施，则无论是"一刀切"还是"切一刀"，更是万万使不得的。我们闽南之行驻足的下一个县，东山岛的变迁，适足以验证这个道理。

人均半亩耕地的东山县，虽然风水土质都不宜粮食生长，但也曾以粮为纲，结果年年种粮，户户种粮，却一不曾糊口，二不改贫穷。近年调整产业结构，林业与芦笋、对虾并举，前者改变了风大沙侵的自然面貌，后者开拓了富裕农民、向创汇农业迈进的道路。仍然是在谈到当前农业问题和沿海地区发展时，县农委副主任刘冰珊说，从全局看，粮食是不容忽视的全国性大问题，相信中央和各省都有妥善安排；作为东山岛，还是要根据本地实际，抓芦笋，抓多种经营，发展加工创汇。如果不问具体条件，一刀切回去，大家全种粮食，结果只有一个：退回到 10 年前的旧面貌。她笑着补充了一句："当然，老百姓也不会答应啰！"我想，小至一头漳州水仙，大而至于闽南、沿海、全国，变革与发展的道理，莫不如此吧！

（原载《经济日报》1989 年 1 月 2 日）

170

从白宫易主想到的……

4天后，美国将举行第41任总统就职仪式，届时白宫正式易主。

从去年11月9日美国总统选举揭晓以来，人们一直关注着布什先生入主白宫前的种种准备：怎样处理政府换届时敏感的人事安排；在国际外交舞台上如何建立新形象；对财政和外贸赤字等棘手问题开出什么药方；将采取怎样的税收和社会福利政策以满足不同利益集团的需要；等等。

笔者对白宫易主有所感的，不是这些复杂的热门话题，而是新的第一家庭迁入白宫时，如何适应白宫的规则。

自然，白宫是听命于总统、为第一家庭服务的。但是，总统也必须了解和遵守白宫规则，在制度允许的范围内行使权力，度过四年或八年任期。因此，这些天来，布什夫妇同样须为此屈尊就教于现任白宫传达长——负责总统社交活动和生活事宜的"总管家"。

新总统适应白宫规则的过程是耐人寻味的。曾任罗斯福至尼克松6位总统的白宫传达长的韦斯特先生，在他写的回忆录《白宫楼上》一书中，对此有过精彩的描述：杜鲁门总统在安排房间，设想改变林肯卧室时小心地询问："我们敢把林肯先生从这里迁出去吗？那样会不会过分篡改历史了？"约翰逊总统夫人"推心置腹"地请教传达长：她的私人佣人能否被允许列入白宫雇员名单？约翰逊本人甚至详细了解白宫的电费该由政府还是他的家庭支付……凡此种种，韦斯特先生都按照国会授予白宫的特权，按照文官委员会赋予白宫传达长的职责，——予以回答和解决。

笔者引述这些，无意渲染资产阶级政治家的严谨开明与法度感，而是有感于白宫工作人员忠于职守的精神——"忠于白宫和总统职位，而不是忠于占据这个职位四年或八年的任何人"；尤其感到，这里反映出政府机关和公务人员的工作秩序及连续性，并对"有人为保持这种连续性而工作是一件好事"深表赞许。可以认为，合理制定并连续运行的工作秩序，对于无论哪一种社会制度，对于无论哪个阶级的政治家及其工作班子，都是必要的。

从历史上看，合理的连续运行的工作秩序并不是天然形成的，而是长期改革实践的结果。无论是英国这个文官制度的首创者，还是美国这个"新秀"，在人事制度上都经历过个人徇私制、政党分肥制、功绩考绩制，才逐步完善到今日境地，并在政党内阁频繁更迭的情况下，比较有力地保证了国家机器持续、稳定地正常运转。

当前，我国政治体制改革中一个内容，是正在酝酿实行国家公务员制度。我国公务员制度与西方国家相比，主要区别在于政治上不搞"政治中立"，具有鲜明的社会主义特征。公务员制度的建立，具有内在稳定性的"中层力量"的形成，无疑将在保持政府廉洁、保持政策连续性等方面，发挥积极有效的作用；那些诸如漫画上嘲讽的，上届领导让挖坑栽树，下届领导让填平修路的现象，也将逐步减少以至得到制止。

白宫易主时，新总统夫妇垂询传达长，似乎可以提示人们，作为一个政府，人事必然更替，政策可以变通，但工作秩序——那以法律规范为保证的、具有连续性的规则，是坚实稳定的，其权威性，应予遵奉。

在这方面，我们需要做的工作还很多，很多。

（原载《经济日报》1989 年 1 月 16 日）

新记者证启用之时……

　　11 月 15 日，是新闻出版署规定全国新闻单位启用统一的新记者证的日子。恰在当晚，忙于夜班编报时，接到一个电话，旁听的同事愕然，我也在按捺着答对之后，忍不住要发几句感慨了。

　　那是一口吴侬软语，透着青春气息——

　　"你记得我吗？　××报记者。来北京出差。夏天寄过一篇稿子给你。我是你的同学的学生，我的老师当时就随着稿子写信给你了，怎么稿子一直没见报？"

　　我耐心地解释每天会收到多少自发的或推荐的稿件，而这大量的稿件远非都能见报，要根据质量、新闻价值、版面需要等等新闻界同行不难理解的因素取舍……话筒那头儿，软软的口音开始透出硬硬的声气——

　　"我的稿子，在好几家中央大报都登过，怎么在你们报就上不了？你们难道就没登过关系稿？要是你把我那篇稿子发了，我们之间今后还有合作的可能。你也会有需要人帮忙的时候吧？你总会来××市的吧？"

　　我反感这种"交换"的口吻，也无意去提醒对方，一篇几个月前就没准备用的稿子还有无刊发的必要及可能；只是告诉她，今后最好根据稿件内容向报社相关的专业部投送，按照新闻单位通常的运行程序发至总编室。另外补充了一句，也可以同时告诉我一声——既然一再强调她的老师的面子，那么多少加以关照，也属人之常情。

岂知，那口气益发凌厉了——

"看来这篇稿子是不发了。那好，我再投别的。你们管工业的负责人叫什么名字？我寄稿给他的时候也通知你。要是见了报，我会领你的情！"

放下话筒，我无法掩饰心中的不快，向"旁听"的同事复述了通话内容。毕竟，在安排版面正忙时，大家等着我接了这么长一个电话；还有，在我颇有感触、萌发"随笔"之念时，没有忘记"新闻真实性"，而同事们即是"现场目击者"。

这个电话打破了当晚的平静，引起同事议论纷纷。但冷静下来想想，似乎并不奇怪。这几年，新闻界确实不同程度放松了对从业人员思想素质和业务素质的培训，以致有的年轻人连作为一个党的新闻工作者起码应该遵守的职业道德和工作程序都不懂得，刚刚发表了几篇作品，就自我感觉良好，口气甚大，傲视一切。因此，与其为对方的态度忿忿，还不如认真思索一下怎样有效地提高新闻队伍的总体素质更为必要。

《新闻出版报》11 月 14 日消息称：经过整顿，我国记者证持有者数量紧缩一半，现有新闻从业人员 10 万以上。新闻出版署大力整顿队伍，堪称有为之举，但使这 10 万大军中每一位战士珍视自己的光荣称号，无愧于手中的新记者证，恐怕任务更为艰巨——至少使走上这个岗位的同志懂得，要成为一个受人尊敬的记者、编辑，首先应该把工夫下在提高自己的品德修养和业

务水平上，而不要在正直的新闻工作者所不齿的其他手法上用
心思……

（原载《经济日报》1990 年 11 月 22 日）

辛未年初亦欣慰

　　人们或许记得，一年前，随着庚午岁朝漫天飞雪，一时间，"瑞雪兆丰年，马年好耕田"，成了各家报纸的热门新闻。

　　而辛未年初，老天爷却不那么帮忙。整个小麦越冬期，北方广大地区降水稀少，直到惊蛰时分，才落下迟来的雨雪。墒情不好，夏粮难免要受影响。在这不尽如人意之时，笔者却从全国农村经济工作经验交流会传出的信息中，感到欣慰。

　　这次会议，于正月初十召开，会期六天，"酝酿已久，党中央、国务院十分重视"。其重视程度，从宋平同志代表党中央、田纪云同志代表国务院所作的报告中，可以读出；从分别主管农业、计划、科技、金融的四位国务委员的发言中，可以看到；从凡与农业相关的国家各职能部门负责人全部到会，可以感受。二百余位省、市长和省里有关职能部门负责人汇聚济南，正月十五也不回家团圆，他们驱车千里，现场观摩条件中等、工作上乘的山东农村情况后，坐下来认真交流经验，力图解决困难——十年改革基础上遇到的新问题、必须跨越的新障碍——结构调整，生产规模，流通环节，各业支农，还有广东那种"王熙凤的困难"，广西那类"刘姥姥的困难"……

　　有人可能认为这不是什么大不了的事情，农业犹如四季歌，年年总得唱，年景好，自然是好事，差点，也差不到哪儿去。近十来年，绝大多数中国人尤其是城里人，谁还吃不饱肚子？

笔者以为不然。应当看到，我们在自豪地表明中国以占世界百分之七的耕地解决了百分之二十二的人口的吃饭问题时，这百分之七正在逐年减少；去年本是历史上少见的全面丰收、全国丰收、全年丰收的大丰收年，但我国人均占有粮食却由前一个大丰年一九八四年的三百九十四公斤降到三百八十三公斤；多种以粮食为原料的产业和加工业如畜禽养殖、酿酒等等，以日益扩大的规模向农业提出更高的要求；还有少数贫困地区，岁尾年初，得靠政府调拨救济粮度春节……

上述诸般，在提醒国人，千万不能"农业丰收了就忽视农业，吃饱了肚子就忘了农业"，何况我国农业还远未达到不受自然条件影响的水平。十年之中，必有丰歉，"八五"和20世纪90年代再上台阶，任务艰巨。正如党的十三届七中全会明确指出、这次农村经济工作经验交流会再次强调的，农业是安定天下的产业，任何时候不能放松，稍有懈怠，大起大落，势将贻误世纪末宏伟目标的实现。

笔者年近不惑，对三年困难时期，尚有依稀印象；对十年浩劫经济停滞时百物凭"票"，也曾身历。而今天三十岁上下的青年以至我们的后代，则只能从出版物中去阅读和体味什么是饥饿与物资匮乏了——但愿我们牢牢抓好基础，但愿后来人永远只有这种间接体会，那就是最可欣慰的了。

178

先忧后乐追前贤

　　辛未暮春，记者曾作齐鲁之行；初夏，又有潇湘之旅。两地采访，并无工作上的联系，但一个偶然因素——今人对范仲淹业绩的追寻，引起我几多随想。

　　在山东，适逢邹平县发起组织范仲淹研究会并举行第一次学术讨论会。范仲淹总角随母由苏州迁居邹平，直到出仕离开。用今天的话说，邹平也就是他长大成人、知书识礼、世界观形成时期的第二故乡，齐鲁大地和人民的哺育，为范仲淹学成后报效国家、服务人民打下了坚实的基础。

　　在湖南，我得偿多年夙愿，过洞庭湖，登岳阳楼。面对八百里浩渺烟波，无数篇名什佳作，颇多感慨：新中国成立后读书成长的一茬茬青年，不到阅读《古文观止》的时候，就先从中学课本里学习了《岳阳楼记》这千古名篇；并且无论能不能背诵全文，也都将"先天下之忧而忧，后天下之乐而乐"铭刻于心。想到这里，愈发感到《岳阳楼记》所承载的，不仅是范仲淹未到洞庭却能凭借第二手材料描绘出壮丽图景的盖世才华；更有那托物寄情言志，抒发出"不以物喜，不以己悲"，"居庙堂之高，则忧其民；处江湖之远，则忧其君"的为国为民、先忧后乐的博大胸怀。

　　邹平、岳阳两地，山河、语音相异，但共同之点是，立足于国情、市情、县情，借伟大的北宋政治家、军事家、文学家范仲淹的遗泽，进行爱国主义教育、民族传统教育。邹平县以学术研究为契机，在各级干部中提倡多为群众办实事，振奋齐鲁淳厚民风，同心同德干四化；岳阳市则从名楼、名篇带来的得天独厚的物质、思想遗产中，提炼出"岳阳精神"，号召军民干群，为搞好两个文明建设，振兴潇湘北大门努力奋斗。

写到此，忆及一位老新闻工作者借邹平办铜矿造福人民而赋诗与当地"父母官"共勉：

> 万两黄金万吨铜，
>
> 万家寒暖在心胸。
>
> 自古政声人去后，
>
> 先忧后乐追范公。

范仲淹一生，雄才大略，但身处封建社会，因刚正不阿，遭谗遇讥，迁官二十多次，谪多升少，而报国之志不泯，可谓中国历史上"干部的脊梁"。今天，处身于社会主义制度的千千万万干部，在中华民族优秀传统和时代精神熏陶下，当能以自身行动证明，我们拥有支撑当代中国的"干部的脊梁"，将以远胜古人的政绩，取信寄予厚望的人民。

（原载《经济日报》1991 年 6 月 17 日）

您好，《北京您早》

两天前，北京电视台预告，《北京您早》综合节目月底开播。笔者做报纸编辑工作，7 月 30 日凌晨，上完夜班，读报待旦，为的是体味一下，7 点钟被问候"您早"！

这个早间节目刚刚问世，一周播 6 天，一年 300 多套，优劣短长，观众日后尽可评说。作为新闻界同行，也作为北京市民，我感到值得祝贺的，是北京台年轻的编播队伍可贵的创新精神。

其一，勇于扩展受众对传播手段的接受方式。大白话说，在您晚饭后悠闲自得地把电视当小电影看之外，早晨上班前把您拉到电视机前，使您的收视习惯，由仅仅轻松地欣赏，扩展到快节奏吸收每日各类最新信息。

电视不比广播。一大早，人们尽管挺忙活，但听收音机不误事，可以手脚、耳朵并用；电视节目如果没有很大的吸引力，怎能让人在电视机前驻足？因此，主持者须在这一刻钟里使出浑身解数：北京人，甭管在中央、国家机关还是市属单位工作，关心国家大事颇有传统——首先提供当日重要新闻、首都各家报摘；又甭管是干部、工人，同为普通市民——奉上天气、购物、交通诸情况；有忙着上班的，也有离退休的——告以如何求医问药、健身益寿、观剧看球……您瞧，匀出 15 分钟，一天了然于胸，值得！

其二，敢于在新闻界开展竞争。这里不谈另有规律的报刊，就说广播、电视这两大传媒。曾记否，几年前电台的压轴戏——20点各地人民广播电台联播节目，被电视台19点的新闻联播争走了听众，不得不提前于18点半播出；如今，一家地方电视台又推出早间栏目，敢与6点半的中央电台新闻和报摘同领风骚。当然它们之间因视听手段不同而内容侧重点各异，电台着眼提供国内外政治、经济、社会重大信息，而电视台则倚重视觉手段在服务性、知识性、娱乐性上多下功夫。不论此短彼长，这种求新求异的竞争气氛，无疑会活跃新闻界的创造意识。

由此想起，一位年轻记者曾告诉我，沿海某些城市已开办了早间广播综合节目，不少颇具现代意识的经营管理人员，每日起身，先听广播了解"市情"、"行情"，而后安排一天活动。那么，北京电视台是否领导了早间电视节目新潮流？或许不必认真考证；《您早》能否一炮打响？现在定论也嫌略早。但它至少可以起到这样的作用：敦促广播、电视以及报刊等各类传播媒介，留心于自身的不断创新吧！

笔者曾采访7月10日北京台的有关新闻发布会，当时未发消息，意在看看再说。待到看完第一天的《北京您早》，倦意全消，写下这篇随想录，向北京电视台敢想敢干的朋友们问候一声：您好！

（原载《经济日报》1991 年 7 月 31 日）

话说 "招手不停车"

很想发点感慨，又觉题目难做。如此，只好先解释两句了。"招手不停车"，是指路遇急事或因车"抛锚"走投无路者，向过往车辆招手求助而无人援手时的窘迫。

笔者最近出差四川，在相距 200 公里路程的两市间赶路，搭乘了一辆个体户的旅行"小巴"。这破旧的老爷车，摇摇摆摆，时快时慢，且走且停，挣扎了两小时后，就一头栽到路边不动弹了。其时天近黄昏，不着村店，一车旅人，无可奈何。环视左右，最急者是我。只得不停地在公路边和路中间逡巡：但见来车，不论大小，立即冲上前去，招手呼停。如此十余次，结果都一样：不停车。别说满载车毫不犹豫全速驶过，就是半空的客车、驾驶室有空儿的货车，都无一例外地绝尘而去。眼见四川的、外省市的车牌一一闪过，心头顿生凄怆：真个是车无分南北，人无分男女，皆无相助之意，何其无情乃尔！

急中生智。万般无奈之际，偶然发现同路人中有两位警察，正悠然呷着饮料，观看司机修车。警察为何不急？警察如果拦车……灵感一经迸发，忙至警察跟前，自报身份姓名，痛陈赶路缘由。毕竟是人民警察爱人民，沉吟片刻，慨然相助，从容瞄准一辆，潇洒举起右手，车即戛然而止——司机以为是交通检查。其后好言相商，顺利登程，不需赘述。

这说的是不停的车。当然也有招手即停的——出租车不谈，职能使然——我搭的那辆个体户旅行车便是。它陈旧失修，出发时已满员，途中仍招手就停，只要搭客肯凑合，先交钱，它就慷慨容纳，以至把加座、售票员的小凳、发动机盖、车门踏板等处全塞满，终因超员过多不胜重负，将我辈二十余人抛于中途。

经历这番周折，笔者益发想搞清，为什么大多数人（包括司机与乘客）面对招手而不停车？

——"雷锋叔叔休假了"，人们之间缺乏爱？印象中新闻媒介也时有路遇困难陌生司机热心相助的报道；

——商品社会中人们受利益驱动，无利便不干？笔者在前联邦德国见到听到的是，路边有人竖大拇指示意无偿搭乘，便总有过往车辆停下。资本主义尚如此，遑论社会主义国家；

——无法判断搭车人身份，担心不安全？确有司机被勒索以至加害的案例，但治安问题在各种社会任何时候都存在，恐怕也难以此解释一切。

道德水准、价值规律、社会治安……种种因素，是耶非耶？如果对公共汽车上应否给老幼病残让座也有争议、值得讨论的话，那么路遇求援者招手时，该不该停车，恐怕就更值得议论几句了吧！

（原载《经济日报》扩大版 1991 年 12 月 4 日）

平谷大桃红　谁予起芳名

阴历六月，京郊的伏桃熟了。平谷县大华山镇后北宫村大桃市场，东西三华里，进进出出全是买桃卖桃的；与市场成丁字形的南北公路，直到天过晌午，仍然挤满拉桃的大车小车——这是记者7月17日在36℃高温中目睹的热闹场面。

县委宣传部副部长李松河介绍了平谷农村13年改革发生的巨大变化，特别是后北宫村，因为有了这"华北最大的桃市场"而成为首富。

此时，记者本能地提出一个问题："你们这儿的桃子是什么品种，叫什么名字？"

"请村支书景振强细说吧！"

33岁的景振强，红朴朴的脸上浮起憨厚的微笑："俺们这儿大桃有130个品种哩，没名字。"

"没名儿？烟台苹果莱阳梨，瓜果总得有个名字吧！这么大的市场，每天几十种桃子上市，客商怎么挑选？怎么议价？"

景振强仍憨厚地笑答："我们有号，一二三四五六七……"

"那怎么知道几号的好呢？"

"熟悉了就知道了。一号，三号，七号，十几二十几，有许多好的。"

第三部分　言论

185

"刚才介绍的粤商以 1 元 8 角高价收购，空运广东卖到 8 元
一斤的大桃，也没名儿?"

　　"人家运到南方起什么名儿咱不知道，俺们这儿就叫大桃!"

　　朴实的农民兄弟，为客商提供了住宿、餐饮、交通乃至直拨全
国各地的微波电话等条件，但谁来为这万亩桃园、这大桃市场上的
桃子起个好名字呢?

　　须知，一个叫得响的牌子关系到一种商品的命运。美国的花旗
蜜桔，不是靠着"Sunkist"这块漂亮牌子在国际市场独领风骚近百
年么?

　　　　　　　　　　　　　（原载《经济日报》扩大版 1997 年 7 月 22 日）

芳名与恶名

◎ 范敬宜

　　一篇不足 600 字的短新闻——《平谷大桃红　谁予起芳名》，竟然引起四面八方的关注，连 77 岁高龄的著名漫画家华君武，也拿起画笔加入了"起芳名"的行列，这实在是没有想到的事情。

　　中国人向来重名。孔老夫子有句名言："必也正名乎？"一个"必"字说出了问题的严重性。爱国诗人屈原写的《离骚》，开头就诉说父亲怎样为他起了个好名字："皇揽揆余初度兮，肇锡余以嘉名，名余曰正则兮，字余曰灵均。"以此说明嘉名对他一生为人的影响。当然，因为名字起得不好或触了皇帝的名讳而一辈子倒霉，甚至招杀身之祸的，在历史上也不少见，这里不赘述。

　　中国人不但重人名，而且重物名。一部《尔雅》，讲的都是鸟兽草木虫鱼之名。至于给各种商品起的美丽动人的雅号，恐怕也是世界之最。随便举几个例子：竹子中的"湘妃竹"，荔枝中的"妃子笑"，菜肴中的"佛跳墙"，蔬菜中的"雪里红"，都充满诗情画意，令人未见其物，就引起无数遐想。这种"名号文化"，实在是外国人望尘莫及的。

　　前苏联《消息报》的一位总编辑，4 年前访问北京，在宴会餐桌上听到那么多漂亮的菜名，感到新奇极了，每上一道菜，都要求

第三部分　言　论

187

翻译出来，详细记录，结果有好几道菜没有来得及尝一口，就被服务员端走了。此事在报社引为笑谈，但这位总编辑说："我不感到遗憾，因为这些菜名比实物更美，我已经把它们都写进我的报道里去了！"

商品"芳名"之重要，由此可见。

现在，经常听到反映，我国有的出口商品在国外销路不畅，甚至摆在地摊上也乏人问津。在研究其原因的时候，人们多半是归咎于质量或包装，却很少想到有时毛病出在商标上。也就是说，在为出口商品起名时，往往忽略了外国的历史、文化、风俗、习惯、口味等等，或犯了忌，或令人莫名其妙。比如，欧美人见了"黑猫牌""金蛇牌"，肯定会望而却步，日本人见了"荷花牌"也肯定要掉头不顾。至于什么"双马头山牌"之类，人们更不知为何意，谁愿光顾？

美中关系委员会一位副主席曾告诉我：中国有一种出口服装，商标为"Pansy"，美国人是绝对不肯买的。惊问其故，她笑而不答。事后我打开英汉辞典一查，原来解释是：

　［植］三色紫罗兰；

　［美俚］脂粉气太重的男子。（按：实际是指同性恋者）

　于是恍然大悟：芳名易地也能变成恶名。

（原载《经济日报》扩大版 1992 年 8 月 22 日）

从燕子李三说开去

11月下旬，在北京国际纺织机械展览会期间，上海二纺机股份有限公司与德国赐来福集团签订了一项合作协议——中国纺织部官员称之为中德最先进最知名的纺织机械公司携手生产最现代化的纺织设备。

千万别以为中国官员话说得满，请看一向以严谨、持重著称的日耳曼人在生意场上如何说法——赐来福总裁狄克博士正式发言中对本集团这样认定：我们拥有最先进的技术；我们的产品具有高效率和优异的质量及可靠性；我们的售后服务是世界上最好的。

据此，笔者本想发点感想，其旨大体为"一流的合作"云云，可未及动笔，另一件事却使我变了思路。

那是在稍后几天的11月26日，江苏江都县经济技术发展汇报会上，政协副主席王光英有感于市场竞争的紧迫，讲了个燕子李三的小故事。

清末民初名闻遐迩的京都大侠燕子李三，一身武功加轻功，颇有傲视群小的气概。一日黄昏，他轻身登上北海白塔，端坐塔壁佛龛中，俯瞰苍茫中的皇城，好不得意：此时，唯有大爷我位居京城最高处！可也就在此时，他的头顶上方，有人轻轻咳嗽了一声……

毋庸赘言，这是个山外有山天外有天、高手之上有高手的典型

第三部分 言 论

例子。燕子李三虽已名震京都，可一不留神，就没准儿有王五赵六之辈，悄悄走到他前边，踩在他头上。

时代不同了，竞争的道理却是一样的。社会生活如此，经济生活亦如此。我想，敢于对自己的集团冠以三个"最"字的狄克博士，在社交场合觥筹交错的轻松氛围之外，一定以高度的紧张敏感关注着市场行情，操心着与合作者或对手的交往，以及本公司5600名员工的利益，还得努力增加已达12亿马克的年营业额。

上海二纺机恐怕也不敢稍有懈怠。抗美援朝过了江、珍宝岛上扛过枪的党委书记阴根兴，"老三届"而追回蹉跎岁月的董事长郑克钦，第三茬领导、年轻的副总经理张文卿，以及忙得几个月没休周末的办公室主任屠美音……他们及他们的同事为之负责的，是我国现代化纺织机械在国内外市场的立足，还有那些已成为公司股东的二纺机众多职工。

朱镕基副总理不久前谈到，又想加入关贸总协定，又不想按照国际惯例办事，能赚人家的美元吗？不但地方保护主义要不得，国家保护也要适度。只能保护一点幼稚的工业，一般的工业一定要面对国际市场展开竞争，这是历史发展的必然趋势。

国际惯例，必然趋势，简言之，就是世界性的、平等的、无情的市场竞争。当年燕子李三称雄江湖，靠的不是花拳绣腿；今天我们的企业游弋"大海"，也得凭自己的一身真功夫。

（原载《经济日报》1992年12月3日）

190

若是您自家开这店

　　吸取人类创造的一切有益于发展经济的经验为我所用，已成为国人共识。话说白点儿，就是地无分南北，国无分中外。"姓"无分社资，只要致力于使我国人民尽快共同富裕起来的做法，都值得留心学习，兼收并蓄。

　　这就使我想起了几桩恰巧与南北、中外、社资有关的经历，又恰巧都是关于购物，于是在消费版"观潮人说"栏里说一说。尽量少议论，以事实来"说"。

　　镜头一：入冬，北京城南一日用杂品店。我去买一把揣子，就是下水道或马桶堵了供疏通之用的那种简易工具，木把，橡胶吸盘。售货员从货架上拿起一根木把，又拿出一个胶盘，在递出来的同时，扔过来冷冰冰的三个字："自己安！"这就是说，该店要求顾客自己装配商品，将木把一端粗糙的罗纹与胶盘同样粗糙的罗纹拧在一起。胶盘有弹性，罗纹口明显地比木把细窄，我憋足了劲儿也无法把木把拧进去。忽又听到指示："放在地上，两脚夹紧胶盘，使劲儿，连挤带拧！"我穿着大衣，背着皮包，弓身在售货员小姐面前"连挤带拧"，满身大汗不说，其姿态与心态可想而知。努力无效，我提出换一根棍试试，得到的仍是三个字："全一样！"如此，只能表示不买了。面对顾客明显不悦，售货员面不改色，接过木把和胶盘，左手扔一个，右手扔一个，把它们分别扔回货架各自的堆中。

镜头二：去年秋天，深圳老街。我和同伴随便逛逛，看到价格合适的皮带，有意买两根。挑选之下，不是喜欢这根带子、另一根的饰扣，就是皮带长了或短了。"没有问题的啦，你说要哪根带子哪种扣好啦！"小老板三下两下按顾客的愿望重新装配好皮带的饰扣，还帮助参谋参谋长短，向里或向外打俩眼儿……自然，他的生意做成了。

镜头三：1984 年，前南斯拉夫的"上海"——如今战火纷飞的萨拉热窝。出访期间，安排了半天逛街购物。身上就那么点零用钱，我量力而行，看中了一块小巧精致的日本电子表，可惜表带花哨，有点遗憾；又想到手表毕竟不是小商品，大概表带是不会给换的。店主看出了我的犹豫，热情地问需要他做什么，我据实相告。他马上从柜台里挑出几块与我要的表表带宽窄相同的手表，然后将我选出的颜色、长短合适的表带换好，戴在我手腕上，衷心地赞美了几句。不用说，买卖成交了。

镜头四：8 年前，前联邦德国，慕尼黑。出访计划中最后一个城市。即将离境。同伴们纷纷花掉手头不多的几十个马克。我在一家小工艺品店看中了几块小瓷砖，纯装饰品，木头镶边，红白黄蓝四色一盒，透明包装很精美。我算了算，仅有的马克买其中三块都不够，何况这是成套成盒卖的。老板娘满面笑容地赞许我的眼光，我只得硬着头皮说我喜欢红色和白色两块瓷砖，而这是整盒卖的，只好不买了。没想到老板娘毫不犹豫地拿起一盒，撕开精美的包装，取出我要的两块，另外包好，收了一半钱，还用英文祝我一句

"Good luck！"

　　四个镜头交替闪过，我能说的只剩一句话了：如果我们的国营商业能把利益机制问题解决好，第一个镜头中的小姐能视店为自家，那她在闲暇时哪怕以平均半小时的速度装配一把掸子，也不会任商品滞留于货架，使资金在货流不畅中占压。不信，想想日本的阿信！

（原载《经济日报》特刊 1993 年 1 月 13 日）

王光英当"翻译"

"长沙黎明电脑研究所在高科技领域取得新突破。由该所研制的'黎明汉字王'，可提供目前世界上最大的电脑汉字，这在微电脑应用领域是个创举。"

"'黎明汉字王'是一个微电脑图文缩放系统。它将二十六种字体及手写体汉字、图形符号等放大到八十多平方米，缩小到七号字。不论放大或缩小，其输出结果高度保真……"

四月十四日，当我坐在人民大会堂湖北厅，听着新闻发布会上诸方人士的介绍和鉴定，翻看着手边例行的文字材料时，近来常常萦绕脑际的问题又浮现出来：怎样以简捷通俗的表述方式，把经济领域或高科技领域的新成果向读者讲清楚？就电子计算机技术的种种新进展而言，今天此一"突破"，明朝彼一"突破"，其科技水平、经济价值，连专业记者也往往一头雾水，得琢磨办法自己弄明白，才能通过传媒"传"明白。

一阵掌声，欢迎人大副委员长、全国工商联副主席王光英发言。因为此前我曾听过他在一次会议上以燕子李三的故事衍生出高手如林、竞争激烈的有趣谈话，所以抱虔诚态度洗耳恭听。他的一口京腔仍然很风趣："第一，我到会后才发现，这个在计算机中文信息处理方面取得重大突破的研究所是民办的，集中了相当强的科技力量，没花国家一分钱，完成了很了不起的科研课题。这使我越发感到，我们党和政府关于非公有制经济成分是公有制经济的有益补充的论断和政策太英明了。"说到这儿，王光英特别强调了一句："请注意，不是一般的补充，而是'有益'补充。"

"第二，这个成果在经济上有什么意义呢？以我的体验说吧。20世纪80年代初我经商七年，现在弃商从政已三年，这中间有大大小小不少商业机构、建设项目请我题词写匾。有的单位提出写一米、几米见方的大字，别说我没有那么大的笔，就是备好纸笔，我不是书法家，也驾驭不了。有了这个电脑无极缩放，全解决了：我可以随便写多大，它可以按需方的要求任意放大，还避免了过去刻石勒碑时难免失真的弊病。"

听了王光英一席话，私下真有些汗颜。作为记者，以新闻手法改造发布会提供的专业技术材料是职责所在，我这里还在考虑怎样出"奇"出"新"，老先生那里早就干脆利索"翻译"出来了。于是，"黎明汉字王"的经济价值清清楚楚：广告装潢、展览和工艺美术单位，在标牌、图案制作，巨字生成，包括团体操设计背景等方面，借助这个现代化工具，可大幅度提高生产力和工作质量，减轻劳动强度又易于创新。

本文意在表明王光英副委员长的"翻译"水平，对新闻传播工作的启发，至于"黎明汉字王"的许多其他创新与功能，不赘述。

（原载《经济日报》1993年4月17日）

台风刮不断……

上星期，记者出差珠海，遇台风。北人南行，生平第一次目睹此等场面，恰如粤港同胞难得一见北国冰雪。如是，深感此行不虚。

从广州白云机场落地后一路南下，不久风雨即起。从车窗向外望去，风急雨骤，树断堤溃，海水倒灌，行人驻足；到中山至斗门交界处，路上积水没膝，可见汽车熄火；幸而在天黑前奔驰到白藤湖度假村，只是电缆线电话线已纷纷坠地，有的横在路中间，任由车轮碾过；下车后进住房不过10米距离，人人被刮得歪歪斜斜侧身冲入……

台风场景之惨烈，令人惊心；招致损失之巨大，令人扼腕。至此，均为题外之叙述，引起笔者"随想"的，是在这样恶劣的自然条件下，珠海的对外通讯联络，始终没有间断。

当车轮轧过地上有粗有细的电线时，我的第一反应是，这下子进入一个与外界中断联系的孤岛了。可进屋发现不然，刚刚起动的柴油发电机虽只能提供照明、无力带动空调，但直拨全国各地的DDD功能完好！拨北京，一遍即通。因为我没有挂国际长途的需要，故而未及了解一下IDD的情况，不过按此推想，大约也能保持正常吧！

岭南·辑——李东东新闻作品选

这就使人很为感慨了。时下常被挂在嘴边的，是交通、通讯这些基础设施对于投资环境的至关重要。联想到前不久我去过比珠海政策更优惠的开放地区，却苦于时时处处无法同外地联系。拨大城市包括北京，十几次里难得通一次，有时干脆几十次拨不通，然后被告之：早7时前或晚11时后再努力好了。天晓得！旅游者或许没有对外联络的迫切需要，公事出差者就难说了——一笔生意需上司拍板，谈判中途出现故障，临时情况急需汇报……种种需与"大本营"联系的事宜，怎容拖到夜里或凌晨再拨长途！

　　再说前来投资的外商，又将如何？目睹人们拨长途之辛苦状，我曾问朋友，"大哥大"情况怎样？答曰也不怎么样，有时略好些，有时照样得"起早摸黑"。为此想来，某外商（不论老板还是雇员）前来投资、照看生意，必然要与本土保持联系，遇到这打不出去接不进来的情况，恐怕不但要误此地生意，连本土事宜也难免拖累。据我所知这种状况已超过半年，那么境外投资者不知有何感受，作何打算？

　　如此，格外感到珠海的通讯设施之优秀——12级台风刮不断！

（原载《经济日报》1993年7月6日）

再为同行叫声好

　　写下题目，先得说清题目。"一而再，再而三"，此处"再"字何来？那是一九九一年夏，北京电视台率先在全国推出早间电视节目《北京您早》时，笔者颇为感慨，连夜写了篇随想录，刊于节目开播第二天的报端。"同行"又何指？曰：新闻界大概念中的同行，具体，指的是这套节目年轻精干的编播队伍。

　　眼下，事情须从上周的一个征求意见座谈会讲起。为 11 月 1 日《北京您早》节目的全面改版，其全套人马带着新编的节目向新闻界同行诚征意见。记得以前我曾有个印象，这套节目是由"十几个人、七八条枪"办起来的；而今才弄准确，当初尚不似胡传魁胡司令的"规模"，只有七八个人，两台摄像机。干了两年又一个季度，节目从最初的十五分钟、二十分钟扩展到四十分钟；自负盈亏，摄像机增至八台，还置了两套后期编辑系统，一个演播室正在着手筹建……

　　然而，她显然并不陶醉于"越办越火"的赞颂之词，于是乎，人民日报、光明日报的同志从广义的新闻规律方面提出了建议；北京电台包括经济台，就视听传播的共性发表了见解……总的印象是，谈者无逢场作戏、虚应故事之意，听者有求贤若渴、旁搜博取之心。另外，从频频交流答对之中，我又听明白一点：北京台此番再上层楼的迫切，源自今年五月中央电视台开播了大型杂志性早间节目《东方时空》。

这就是了。"芳林新叶催陈叶，流水前波让后波"——自然界生生不息的代谢规律，被我们年轻的同行们化为极富压力的竞争感。当初，笔者为北京电视台的创举写的"您好，《北京您早》"中称他们：其一，勇于扩展受众对传播手段的接受方式——指的是把人们一大早拉到电视机前；其二，敢于在新闻界开展竞争——指的是与中央电台"黄金六点半"同领风骚。

时不过两年，上海台、广东台、郑州台等六家省市台相继开办了早间电视节目，中央台更挟其强劲的势头与强大的实力跻身潮流。

光赶了早不行，还须保持住好——看来，正是在这样的质量意识下，北京电视台广泛征询意见，大幅度增加"早"、"新"、"独家"等可读性强的内容；承认中央电视台的强大，看到人家的长处，但并不因之却步……

末了，笔者还得旧话新说：改版后那七个板块的节目内容怎样，专栏设置是否精当，播出时间合不合人意，自有观众评说；窃以为，就这不畏强手、不断创新的意识，实可视作精神文明生产领域中的宝贵财富，值得为之再叫一声好！

（原载《经济日报》特刊 1993 年 11 月 3 日）

第三部分 言 论

199

有感七人直言

　　上一期《特刊》，开辟了"时代广场"专栏，以"反腐倡廉　众心系之"为题，刊出七位在天安门广场被随机采访者的见解。笔者在编发这篇报道后，很有些感触，似值得再议论几句。

　　最初，向前去采访的实习记者交代意图时，特别嘱其注意新闻真实性，一定得把被访对象的真名实姓、身份职业等等问清楚。待到稿子摆到案头，却觉得另有滋味涌上心头——我们的老百姓敢说真话；老百姓敢说的也还有限。

　　观察报道中被访者的情况，可以见到"三类人"。一是毫无顾虑接受采访并说出姓名职业的，他们是教师王剑南，退休干部李三升，职工王爱国，基层干部马新华。第二种是说出了姓名但颇富戏剧性的：胜利油田工人欧茂选，先是不肯留名，经记者一再要求并"申明文章发表后不会对他有任何妨碍时"，才答应；而山东龙口市屺母岛村委主任刘振泗，虽"快人快语"道出了姓名，却是在"不顾同伴的劝阻"，很为激动地表示"我不怕，我不怕"的情况下接受采访的。第三种则坚决不透露姓名，甚至连工作单位也不肯讲。

　　那是一位山东的外科医生，他认为，基层问题多，"假若查出他们有问题，平级调动，或者原地不动，反咬一口，给人穿小鞋，有家有口的人就难以咽下这苦果了"。他的愿望是国家能动真格的，常抓不懈，一抓到底。

这次采访，并非抽样调查，数据不见得科学，但是仔细研究一下，也颇耐人寻味。单就这七位被采访者而言，其中有四人在发表反腐败意见时，敢于"行不更名，坐不改姓"，比例不小；有顾虑者二人，比例不大；坚决不肯透露姓名、单位者一人，更属少数。然而，如果把后两者的比例乘以全国干部职工人数，那就是很可观的数量了。在反腐败斗争中，若还有这么大比例的群众处于疑虑、观望状态，至少说明我们的发动、组织、解惑释疑工作还相当艰巨，丝毫松懈不得。

最近学习《邓选》三卷，看到小平同志从20世纪80年代中期开始，就反复强调坚决反对腐败的问题；不久前中央作出的决定，又重申了坚定不移反腐败的决心。现在的关键是，各级领导干部如何用自己的行动向群众昭示中央的决心一定能成为现实。我想，一千多年前，唐太宗"贞观之治"，尚能"夙夜孜孜，惟欲清静"，"俭以息人"，使"百姓安乐"；今天，以天下为己任、以百姓为衣食父母的共产党人，应该也一定能战胜腐败，取信于民，勠力同心，开拓出社会主义的锦天绣地，广阔前程。

（原载《经济日报》特刊 1993 年 11 月 10 日）

红蓝

第四部分
史料论文

关于《经济日报》的"扩大版"和"特刊"
／唯一的心愿／"试验田"里的嘉禾

关于《经济日报》的"扩大版"和"特刊"

　　《经济日报》办扩大版和特刊，始于 1992 年 1 月 1 日（星期三），终于 1994 年年底。

　　我参加了扩大版的筹办、出刊及 1993 年改为特刊期间的工作；1994 年，我到湖南挂职，毛铁同志到香港工作，即由王晓雄、薛晓峰同志主持。

　　《经济日报》的扩大版和特刊，是在本报原来每日四版的基础上，1992 年每周增出八个版，最终于 1993 年实现每日八版的过程中的产物。应当说，它完成了自己在"过渡时期"的历史使命，办了一件"有始有终"的事情。因此，在为扩大版和特刊写"史"的时候，我想多引用一些公开或内部发表的对它的"说法"，从时间上看，不拘顺序；我所写的四个题目，从行文上看，不拘长短，以能说明问题为宜。1994 年的情况，可找主持其事的同志撰写文章收束。

办扩大版（特刊）的意义

　　这个问题，从策划之始就在酝酿，办刊期间，不断实践，不断总结，也不断有着一些提法，但大同小异——因为只有目标明确，才能办成功一项事业。

当时的情况是，本报经过 1983 年创刊至 1991 年 8 年奋斗，无论从客观形势的需要还是报社同仁的心气，从每天四版扩至八版，已成趋势，条件也逐步成熟。经过努力，国务院办公厅和中宣部联合于 1991 年夏发文，就"经济日报隶属关系和明年增版"向各地发出通知。国务院同意《经济日报》1992 年每周增出八个版，可以说是我们向每日八版目标努力的一个"过渡时期"；而这个过渡时期的长短，在某种意义上，每周增出的八个版的创意和质量便显得十分重要了。

办扩大版的意义如何简洁明确地概括？我翻阅了一些材料，感到 1993 年 8 月 18 日特刊一版刊登的范敬宜同志的文章《"试验田"里的嘉禾》，纵观全局，言简意赅，很能说明问题，照录如下，余不赘述。

李东东新闻作品选

每年秋收以前，农民都有田间选种的习惯，发现杆壮、穗大、粒重的"嘉禾"，就高兴地系上标志，作为良种留下。

　　当我们见到一年多来本报扩大版和特刊上的优秀作品汇集成书——《经济大视角》的时候，心情也与此类似。

　　1992 年 1 月 1 日，《经济日报》创办扩大版(1993 年改名特刊)，我们就管它叫《经济日报》的"试验田"，或曰"特区"。这件事情的背景是：多年来，《经济日报》的同仁们一直在探索一条改革（或者叫改进）经济报道的新路，努力使经济报道更有深度，更有特色，更有文采，做到深入浅出，引人入胜，外行不觉艰深，内行不嫌肤浅。既然是试验，就应该有一块"试验田"，于是有创办扩大版（特刊）之议，以期取得经验，推动整个《经济日报》新闻改革的发展。

　　一年多来，这块"试验田"得到社内外同志的热情扶持，他们在这块小小的园圃里辛勤劳作，精心耕耘，使它居然长出了不少丰硕可爱的"嘉禾"。许多读者来信要求出版"选粹"。

　　……

扩大版的创意

　　1991 年 7 月 30 日，国务院办公厅和中宣部联合发出《国办发〔1991〕44 号》文件，就《经济日报》的隶属关系、宣传报道及发行工作，向各省市自治区发了通知，其中提道："最近经国务院同意《经济日报》从明年 1 月开始每周三、六出增版(对开八版)。"

　　文件下发后，编委会立即召开扩大会，召集各部主任、副主任，集思广益，从务虚逐步务实，大体上分两个层次，理清了思路。

第一个层次是，怎样办这每周三、六的八块版？

第二个层次是，在决定抓住机遇，办扩大版和周末版，而不是把增版简单地变为积压稿件"出口"的前提下，如何设计新事物——扩大版？如何将星期刊改造为周末版？

在参与第一层次讨论时，我还没有"当事人"的感觉，因为没想到编委会后来决定由我牵头创办扩大版。当时，作为总编室副主任，我同大家一道，提出了自己对办增版的设想。记得最初确有意见认为，每周三、六，出五六七八版，把一些长稿子选选编编，发出去；反正最终国务院会同意每天出八版的，只是时间问题而已。但这种意见不占主流。编委会主要领导和多数部主任意见渐趋一致：把每周增出两次八版看作一次机会，精心设计，编出新刊，以改革的姿态，崭新的面貌，向上级和读者表示我们有扩版的实力，从而为尽早实现每日出八版奠定基础。

至于"扩大版"名称的提出，我不记得详情了。当时，在向增版提建议时，我是主张用"扩大版"名称的，那是有感于当年《文汇报》纪实性报告文学扩大版办得好的缘故。

在进入第二层次动作时，范敬宜同志曾有一封致各位编委的信，摘录于此，亦能说明事情的进程：

尚德同志召集有关部门同志开了一次会，就明年周三扩大版、周六周末版作了初步研究，分别起草了两个方案。这两个方案都比较具体、细致，对版性的规定也比较明确。现复印送编委阅，同时在编辑部征求意见，然后开编委会研究拍板。

有几个问题请编委考虑：

一、机构和主持人。尚德同志的意见是周末版由副刊部承担，李洪波同志负责；另组建一个增刊部，专门承担扩大版。但由谁主持，共需多少人，需尽快确定。

二、两个扩大版应各有特色，"向深度与广度进军"，有较强的指导性、可读性。周三版突出经济味，周六版突出文化味。千万不能办成剩余稿件的堆砌，原四个版的延伸。尚德同志的这些意见很好，要坚持并具体落实。

……

现在，我手头还保留有当年的周末版设计方案和最初的周三增刊设计方案（草案）复印件，可能就是范敬宜同志提到的"在编辑部征求意见"稿。方案下发后，由总编室协调，收集整理各部意见。

大约在夏末，社领导找我谈话，传达编委会决定，交代了组建增刊部、筹办扩大版的任务，并且特别强调时间很紧，10月份就得试刊，次年1月1日（刚好是星期三）正式出刊。这样，我就与其他几位同志一道，紧张地进入了"角色"。

扩大版的设计与出刊

在通知我牵头办刊的前后，社领导同时在物色这个新的编辑班子的人选。最初的队伍组成，人员精干，人手也紧，"一个萝卜一个坑"，没有一点儿腾挪余地。他们是：李东东、毛铁、张小国、王青、李依萍、翟天雪。我做组织、协调、总体规划工作，毛铁编一版，小国二版，王青三版，依萍四版。由于除我和小国以前在总编室工作经常设计版面外，其他几位同志没做过版面编辑，一开始我得设计和"收拾"四块版，所以要求从工厂调来翟天雪同志，协助我处理版上的事情。大家满腔热情，齐心协力，试刊后，很快上了路子；后来，又相继调进薛晓峰、牛文文同志，形成了一个团结、和谐、努力干事情的集体。

对于一个既要有别于每日正刊，又要区别于副刊的"第三种刊"，怎么定义它的性质和报道内容呢？循着本文前述范敬宜同志文章中所说"探索一条改革（或者叫改进）经济报道的新路"，在最终形成的本报扩大版设计方案中，对版性作了如下表述：

本报 1992 年将出刊的周三"扩大版"，既不同于每日正刊，又区别于周末副刊。与正刊相比，它更侧重研究、探讨，更具深度、广度；文字风格则较为轻松活泼，力求有文采。与副刊相比，它更重经济味，而非文化味。扩大版力争在《经济日报》统一格调下办出特色，不是正刊的延伸，也不能与副刊雷同。

在 1991 年 10 月 9 日第一次试刊时，《试刊致读者》中除表述了上面的宗旨外，分别对一版（综合）、二版（消费世界）、三版（企业天地）、四版（社会纵横）作了这样的介绍：

在扩大版的一版，我们将陆续奉献给您"大视角""国务院纪事""政策跟踪""事后诸葛亮""仅供参考"等一批专栏。这些专栏文章，将从宏观上回答许多您感兴趣的经济热点问题，并告诉您一些重大经济政策的决策过程和在实际工作中、群众生活中具体化的过程。

与一版相比，二版的特点是和普通消费者和商品生产者贴得更近一些。它旨在引导消费时尚，剖析消费现象，预测消费趋势，提供信息，普及知识，沟通联系，更好地为消费者服务。

我们的三版主要是为厂长和经理们准备的。在这个版上，将重点介绍中外优秀企业、成功的企业家及其独特的经营之道，传播现代企业经营的新观念、新方法，评说企业决策、经营得失。

四版推出的是"社会纵横"。它着重在经济与社会的结合部作文章，重点反映社会经济生活中的热门话题、重大事件，以及人们的愿望、呼声和困惑。

试刊各版，刊发了精心组织的稿子。一版上，"大视角"专栏为詹国枢的《话说"灰色收入"》，"国务院纪事"专栏为庹震的《新的起点——国务院搞好大中型企业工作回顾》，"人海撷英"专栏为李铁铮的《穿时装的女部长》……各版的版面，在版式设计包括照片、漫画、刊头运用上，也与正刊有较大不同。

在试刊大样送编委审阅付印时，范敬宜同志就写下了他的感想和意见；10月9日扩大版出刊后，他又满怀激情地给增刊部的同志写了信，由扩大版而谈及报社同志如何发挥积极性、创造性，精益求精地办好报纸；而10月9日的编前会，则开成了对扩大版的热情洋溢的评报会。大家的鼓励与肯定，意见和建议，充分表达了经济报人对共同事业的使命感。

范敬宜同志10月7日、9日的信，录于下：

仔细读了一遍"扩大版"，顺手写下如下"短见"，仅供参考：

总的看，四块版都好于预想。内容，篇篇都有可读性；版面，亦庄亦谐，各具特色；文字，也生动流畅。这是一个令人欣慰和鼓舞的开端，相信能吸引读者，希望越办越好。主事者们付出了艰辛的劳动，向你们表示感谢和敬意。

一、思路可以再开阔一些。更大胆地跳出正刊的圭臬。特别是

二、三版，选题可更广阔、新鲜些，角度也可更新颖些。《企业天地》需要有更多厂长、经理、职工的呼声和他们的喜怒哀乐，多一些心中所有、笔下所无的东西。各版都要考虑经常发一些过去很少涉猎的领域、行业、人物，最好能排出题目单来，有计划地去组织。

二、可给各地记者写封信，一方面征求意见，一方面请他们写稿，激发他们多为扩大版写稿的积极性。也可给首都和外地新闻界同行（不一定是名人，主要是有思想、有见解、有才华的记者）写一封信，并附一张报纸，请他们提提意见、建议，顺便约他们写稿。这样，很快就可组织起一支队伍来。

三、在内部开座谈会征求意见时，最好能与约稿结合起来，请各部回去以后，向扩大版提供些题目单。

四、《消费世界》的刊头不甚醒目，最好能另做一个。

五、标题可更生动、活泼些，风格可以多样化。我改了几个标题，如你们认为不如原来的，可不"遵命"。

范　1991.10.7

东东、毛铁、小国、王青、依萍同志（按版面为序）：

我估计你们今天上班特早。当你们收到这封信的时候，也许正在反复端详手中的"新生儿"，沉浸在难以言状的欢乐之中。世界上有各种各样的欢乐，但是，我想最大的欢乐莫过于创造，莫过于看到亲手创造的成果。

现在是 10 月 9 日凌晨一点半，但我丝毫没有倦意，整整一天，我都被那四张大样激动着，确切地说，被"折磨"着。并不是因为

宽厚辑——李东东新闻作品选

这是什么石破天惊的伟大创造，只是因为知道这四块版中的每一篇文章都倾注着你们的心血，每一块版面、甚至每一条线的运用，都包含着你们不倦的思索和探求，这里的一切都凝聚着你们的奋斗精神。这种精神在强烈地感染着我。

扩大版从开始筹办到出第一张试刊，时间不过一个多月，对于这样一个临时搭起来的小班子来说，够紧张的了。我一直对试刊能否如期出台和它的质量、面貌有点担心，但是，在编委会的领导下，在总编室领导的支持下，在编辑部许多热心同志的配合下，你们发挥了主观能动作用，终于拿出了这样一张比较像样（尽管还有许多不足）的试刊，走出了成功的第一步，我深深感到喜悦。同时，它也启发我想了许多问题：如果把全报社的同志的积极性、创造性都充分调动起来；如果每一个同志每天都感到有那么一种压力、从而时时刻刻都在考虑如何精益求精地做好自己的工作；如果每一个部门都能成为这样一个团结、战斗的小集体；如果大家都生活在这样一种既紧张又协调的氛围之中，我们能做成多少事情！从你们身上，我进一步看到了报社同志内存的潜力。昨天上午毛铁同志问我："将来能不能让扩大版上报摊？"我深为感动，因为这意味着他开始把对自己劳动成果的关心与报社命运联系在一起了，这比过去只关心自己劳动成果能否理想地体现在报面上，又大大进了一步。如果不仅仅是编委会关心报纸的发行量，而是全社同志都这样关心报纸的发行量，并为之不惜一切地努力，我们还用得着年年为发行工作提心吊胆吗？

与此同时，我联想到仲建春、王百忠同志创办《中国经济信息》《经济文摘》的情况。他们是在可能比你们更艰苦的条件下把这两种报刊办起来的，他们也经历了许多挥汗如雨和转侧难眠的日日夜夜，这使我意识到，为《经济日报》争光，是全体经济报人的共同愿望，即使是牢骚、愤懑，也是这种愿望的折射，珍惜这种愿望并努力使之成为一种力量，是领导者的责任。

这一段紧张的工作，对你们肯定也是一种难得的锻炼。你们都从事新闻工作多年，出报对你们已经不算新鲜事情，但是像这样每个人独立完成整个版面的创造过程，可能都是第一次。我一直认为，如果没有独立完成一张报纸从采写、编辑、设计、组版整个过程的实践，就算不了完全的（或者全面的）新闻工作者。因此，千万不要把这个实践过程当作是一种牺牲，而应当把它视为一种偏得。第一步的成功只是开始，今后的路更长。我相信你们一定会从这项新工作中不断地获得乐趣，并乐此不倦。这应该清醒地看到，试刊虽然不错，但仍有不足。尚德同志认为，从每一篇文章看，都比较可读，但从整体看，觉得层次还不够高，宏观性和理论还比较弱，这个意见很中肯，希望你们认真研究，在明年正式发刊时补上这个不足，把扩大版办成全国第一流的扩大版。

正如看到一切美好的事物就止不住激动一样，我在看完试刊后也抑制不住内心的激动，不禁写了这么多废话，既非表扬，也非"指示"，只是向你们表露一下自己的心态，如此而已。

祝你们获得更大的成功。

范　1991.10.9

经过 1991 年 10 月 9 日和 12 月 4 日两次试刊，扩大版在 1992 年 1 月 1 日正式出刊了。范敬宜同志撰写了发刊词《唯一的心愿》，

李东东新闻作品选

从"领导的支持"、"同行的鼓励"、"读者的厚爱"三方面，开宗明义，向读者介绍了办刊目的：

经过去年两次试刊，第一期《经济日报》扩大版今天正式和读者见面了。

面对这呱呱坠地的"新生儿"，我凝视着案头三份材料，思绪万端。

一份是国务院办公厅和中共中央宣传部文件：《关于经济日报隶属关系和明年增版的通知》。里面写着："最近经国务院同意，《经济日报》从明年1月开始每周三、六出增版。""《经济日报》是以经济宣传为主的全国性报纸，是党中央、国务院指导经济工作的重要舆论阵地。……增版后内容将更加丰富多彩。"

没有领导的支持，就没有创办这个扩大版的基础。

一份是本报召开的上海新闻界座谈会的纪要。里面有一段话："值得一提的是，大家对仅出过几期的本报扩大版十分欣赏，认为文风清新，有一定分量，可读性强，编排漂亮……"

没有同行的鼓励，就没有创办这个扩大版的勇气。

一份是阜新一位名叫吕振龙的美术设计师的来信。这位"苦于家庭财政支出困难，订阅全年贵报觉得费劲"的热情读者，寄来6元钱，要求允许破例订阅全年的扩大版和周末版。

没有读者的厚爱，就没有创办这个扩大版的信心。

支持、鼓励、厚爱，激发着我们把扩大版、周末版办好的责任感和使命感。

当我们把"新生儿"抱到广大读者面前时，心情是惴惴然的。我们并不奢望获得"天庭饱满，地角方圆"之类的赞扬，唯一的心愿是听到像罗曼·罗兰在《约翰·克利斯朵夫》中描述的一位年轻母亲对初生婴儿的喁喁自语：

"你多丑，你多丑，我多爱你！……"

更名"特刊"的缘由

一般说，一年有 52 个星期（多几天）。出周报，也就是 52 期。扩大版正式出刊的 1992 年有 53 个星期三，所以扩大版第一年将出 53 期。当时大家心气很高，全心全意办好每一期报纸，无暇多想今后。我对办刊的理解，如前所述，一方面是对改进经济报道的探索，同时也是为实现每日出八版贡献力量。因此曾在部内讲过，我们可能办 53 期，也可能办 105 期，在这段时间（即一至两年）里国务院如果批复出八版，我们的"历史使命"可能就完成了；到时候再怎么办，听编委会指挥调度。

扩大版正办得生气勃勃的 1992 年秋，国务院批准《经济日报》从 1993 年起每日出八版。当时，对未来八版的版面安排，编委会又发动大家研究、讨论，提出设想。在讨论改版过程中，综合社内外反映，认为扩大版创办以来，已形成了自己特有的内容和风格，读者已习惯于在固定的时间和位置找这个带着报头的周刊，如果将原来扩大版的内容分散在不同版次编排，很难保持已创出的气势和特色。

基于继续办周三和周六这两个带报头的专刊的思路，扩大版就得另外设计刊名了。因为本报已从四版扩到八版，"扩大版"包含在内，并没在八版的基础上再扩，"扩大"就名不副实了。因此，不少同志动了脑筋，于是，"特刊"的名字作为一种设想提出，并

李东东新闻作品选

被最终认定了。

对扩大版更名为"特刊"，杨尚德同志发表于 1993 年 1 月 6 日的《改名致读者》，把事情的来龙去脉讲得很清楚，特别明确了"取名'特刊'要义有二"，录于此，亦不赘述。

这个"特刊"是由原"扩大版"演变而来。有读者问：何以更名乎？曰：形势发展所趋也。

本报原出每日四版，1992 年经批准适当增大版面，周三、周六改出八版，周六自然可叫"周末版"，周三何以名之？当时起名叫"扩大版"，是相对平日的四个版而言的。现在《经济日报》要每日出八个版了，"扩大版"的任务已经完成，按说可以取消了。

在讨论改版过程中，有不少读者提出要求：希望保留"扩大版"的版面和特色。原因是"扩大版"创办一年来，已形成了自己特有的内容和风格，深受读者喜爱，不宜把这几块生机勃勃的绿洲去掉或分割，不如让它在原地继续成长。

遵照读者意愿，我们决定保留这几块园地。但是，再叫"扩大版"显然已名不副实了，于是想到改名，思来想去，尚未想到更美妙的芳名，就简明地称它为"特刊"吧！

取名"特刊"要义有二：一是要保持和发展原"扩大版"形成的特色，多在经济和社会问题的结合部做文章，使其在每周各版大量经济新闻报道中展现自己特有的风味，供读者品尝；二是想把它办成《经济日报》的一块"特区"，在坚持四项基本原则的基础上，扩大报道面，增加可读性，对改进经济报道、推进新闻改革，继续进行大胆探索和试验，以带动整个《经济日报》的发展。从这个意

第四部分 史料论文

217

义上说，办好这个"特刊"就更是必要的。

当然，随着形势的发展和本报版面的变化，要办好这个特刊，需要主办者继续发挥创造性，坚持不懈地努力，在内容和形式上不断创新，不断推出新鲜优质的"好产品"；同时，希望广大读者、作者继续给予关怀和支持，随时提出改进意见。

我们欢迎各方面的作者来这里一显身手。

以上，是我根据自己的经历，就《经济日报》扩大版（特刊）写下的一些文字。之所以分为办刊意义、创意、设计与出刊、更名缘由四部分来写，也是基于当年我和我的同事们的实践过程。

在结束本文时，我想作两点说明：其一，我参与的时间为 1992 年和 1993 年，而特刊是办到 1994 年年底的，对这三年一百五十多期报纸的质量如何评价，本文基本没有涉及。因为版面文章丰富，许多已被收入不同类别书刊或个人文集中；办刊期间，版面安排、栏目设置也有过不少改革、变化……我想，对报纸的质量，还是由研究部门评价为好。

其二，行文时我尽可能地采用"客观报道"手法。因为考虑到既是写"史"，则不论是多么局部或渺小的一段历史，也应当尽可能地客观、公正。但也正因为避免只用我自己的视角和感情来写这段小小的"历史"，所以深感对当年共同创业、共同奋斗的同志着墨太少。事是人干的，成功的或比较成功的事业，幕后有着多少人的心血和汗水。至今，当年增刊部（特刊部）的同志聚在一起，仍然十分怀念那团结、民主、奋斗、敬业的氛围。我想，正如范敬宜同志在他那封"看到一切美好的事情就止不住激动"

的信中所说，只要大家都考虑的是如何精益求精地工作，都能生活在紧张又协调的氛围中，过去、现在和将来，我们能做成多少事情！

（原载《经济日报史料》第 5 辑，1997 年 10 月）

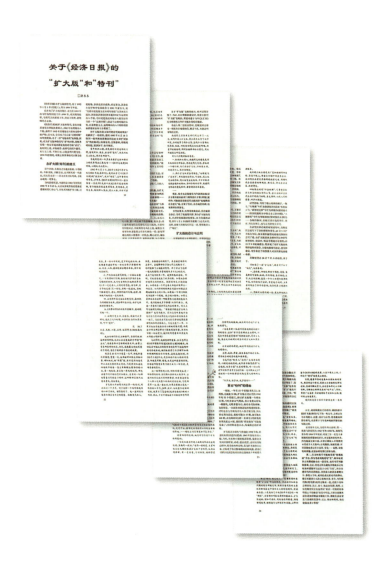

唯一的心愿

◎ 范敬宜

经过去年两次试刊，第一期《经济日报》扩大版今天正式和读者见面了。

面对这呱呱坠地的"新生儿"，我凝视着案头三份材料，思绪万端。

一份是国务院办公厅和中共中央宣传部文件:《关于经济日报隶属关系和明年增版的通知》。里面写着:"最近经国务院同意，《经济日报》从明年1月开始每周三、六出增版。"《经济日报》是以经济宣传为主的全国性报纸，是党中央、国务院指导经济工作的重要舆论阵地。……增版后内容将更加丰富多彩。"

没有领导的支持，就没

有创办这个扩大版的基础。

一份是本报召开的上海新闻界座谈会的纪要。里面有一段话："值得一提的是，大家对仅出过几期的本报扩大版十分欣赏，认为文风清新，有一定分量，可读性强，编排漂亮……"

没有同行的鼓励，就没有创办这个扩大版的勇气。

一份是阜新一位名叫吕振龙的美术设计师的来信。这位"苦于家庭财政支出困难，订阅全年贵报觉得费劲"的热情读者，寄来 6 元钱，要求允许破例订阅全年的扩大版和周末版。

没有读者的厚爱，就没有创办这个扩大版的信心。

支持、鼓励、厚爱，激发着我们把扩大版、周末版办好的责任感和使命感。

当我们把"新生儿"抱到广大读者面前时，心情是惴惴然的。我们并不奢望获得"天庭饱满，地角方圆"之类的赞扬，唯一的心愿是听到像罗曼·罗兰在《约翰·克利斯朵夫》中描述的一位年轻母亲对初生婴儿的喁喁自语：

"你多丑，你多丑，我多爱你！……"

（原载《经济日报》扩大版 1992 年 1 月 1 日）

"试验田"里的嘉禾

◎ 范敬宜

　　每年秋收以前，农民都有田间选种的习惯，发现杆壮、穗大、粒重的"嘉禾"，就高兴地系上标志，作为良种留下。

　　当我们见到一年多来本报扩大版和特刊上的优秀的作品汇集成书——《经济大视角》的时候，心情也与此类似。1992年1月1日，《经济日报》创办扩大版（1993年改名特刊），我们就管它叫《经济日报》的"试验田"，或曰"特区"。这件事情的背景是：多年来，《经济日报》的同仁们一直在探索一条改革（或者叫改进）经济报道的新路，努力使经济报道更有深度，更

有特色，更有文采，做到深入浅出，引人入胜，外行不觉艰深，内行不嫌肤浅。既然是试验，就应该有一块"试验田"，于是有创办扩大版（特刊）之议，以期取得经验，推动整个《经济日报》新闻改革的发展。

一年多来，这块"试验田"得到社内外同志的热情扶持，他们在这块小小的园圃里辛勤劳作，精心耕耘，使它居然长出了不少丰硕可爱的"嘉禾"。许多读者来信要求出版"选粹"。

我们正在犹豫之际，想不到《求是》杂志所属红旗出版社已经先行一步，主动为我们编辑成书了。我们在感谢之余，不免有"坐享其成"之愧。现在，我们把这本小书交给读者，实际上成了"借花献佛"。尽管如此，书捧在手上竟是沉甸甸的——因为那是心血、汗水和友谊的分量。

（原载《经济日报》特刊 1993 年 8 月 18 日）

红蕊

第五部分

附录散文

我也曾是一个兵

　　当我写了《在那远离莫斯科的地方》《在那远离北京的地方》《在张家界的日子里》，便觉得自己生活中丰富多彩、又能折射同龄人的时代命运的经历，算是都记录下来了。

　　譬如，1992 年初，东欧剧变、苏联解体不久，我从黑龙江绥芬河出境，作了俄罗斯远东一隅的三日之旅，走马看花地观察了作为刚刚成立的独联体中一员的俄罗斯，而不是此前世界上两个超级大国之一的苏联，在经历着怎样的静悄悄又天翻地覆的变化；20 世纪 90 年代的俄罗斯远东部分，与我儿时印象中 50 年代的苏联首都莫斯科，有着怎样的不同……这些，我都记录在《在那远离莫斯科的地方》里了。

　　又譬如，共和国同代人在十年"文革"中几乎都走过的上山下乡之路，我也无例外地走了，并且走了两个地方，在农区种过地，在牧区放过羊。那时的延安农民和内蒙古牧民，怎样对待满腔热情去"接受再教育"去改天换地的城市知青，或满怀悲凉因父母受冲击而招致"流放"命运的"走资派子女"……我都记录在《在那远离北京的地方》里了。

　　而《在张家界的日子里》，则是我在湖南省张家界市任市委副书记期间的记录。这种挂职又实干的经历，尽管不像做工、务农那

石家庄铁道学院、石家庄铁道大学几十年来保留使用的前铁道兵学院院部主楼，"坚定正确的政治方向、艰苦朴素的工作作风、灵活机动的战略战术"——军队标志历历在目。

样为共和国同代人所广泛拥有，但作为干部锻炼成长的一种方式，也为许多人所共有。特别是地方组织和干部群众悉心培养并照顾"北京干部"，风雨共渡那辛劳、温暖、有声有色的岁月，往往令人终身难忘。

时光流入 21 世纪。我和自己的同龄人一样，仍在人生旅途中奔波。2002 年 4 月，我奉调宁夏回族自治区党委工作。

在这塞上江南，我的又一段履历开始构筑。2003 年春天，我在中央党校学习，遇"非典"疫情肆虐北京，当我 5 月份毕业返回银川时，被隔离了十天。在二十余年长途跋涉中这意外又难得的休整期内，边读书边思索之际，我突然感到，怎么差点儿忘了一件事，一件常常挂在嘴边，那么多抹不掉的记忆，却迟迟没有形诸文字的"故事"——我的军旅生涯。

我是 1971 年的兵，穿了五年军装，1976 年春回到北京。当兵的经历，同代人也多所拥有，本没什么稀奇。但是如果留意一下，在那个特殊的年代，一个新闻界"走资派"的子女，在父亲没"解放"的情况下参了军，在部队不知该认定你的出身是顺着"解放"了的父亲填"革命干部"，还是由于父亲没"解放"便上溯父亲的父亲找"阶级根源"，并以此来决定对你的态度时，这兵就当得有点儿微妙了。于是我从当兵到入党到复员，父亲始终没"解放"的军旅生涯，便深深打上了那个时代的印记，始终充满了老子与儿子、打倒与解放、出身与表现、入党与提干、干部与战士之间种种或矛盾、或调和的小故事。

　　如果说，上山下乡使我们这一代人了解国情，坚忍顽强，懂得了艰苦奋斗；那么当兵的经历，则扎扎实实培养了我们服从指挥、雷厉风行、拉出来能打、打就得打赢的作风。这份财富，也足以使人受益终生。因而，每当耳边响起《我是一个兵》那熟悉的旋律时，我便不由得想到——我也曾是一个兵。

我的从军路

　　1983 年，我在《经济日报》从事农村报道时，在去吉林四平采访的火车上，曾偶遇一位极能说笑的东北同行。记得当时他一口一个"大革命"时他如何如何，他的父母同学如何如何。一开始，我听得有点茫然。"大革命"，应该是指中共党史上的第一次国内革命战争，如果他父母资格老，可能是"大革命"时的老干部，那他本人的年龄怎么可能沾得上"大革命"的边儿呢？听着听着，不由得笑了：他说的"大革命"，乃是十年浩劫的"文化大革命"！后来很长一段时间，我们都乐滋滋地沿用这东北口音的"大革命"。

　　我之从军，与我的一家在"大革命"中的命运紧密相连。我的父亲李庄、母亲赵培蓝，都是抗战时期参加革命的党的新闻工作者。父亲李庄，抗战初期在太行山参加革命，是党中央机关报《人民日报》的创始人之一。抗日战争和解放战争前期，先后在《民族革命》半月刊、《胜利报》、《晋冀豫日报》、《新华日报》（华北版、太行版）、晋冀鲁豫《人民日报》、华北《人民日报》工作。中共中央从陕北转战到西柏坡后，决定恢复党中央机关报（1947 年中央撤离延安时，中央机关报《解放日报》即予停刊），将华北《人民日报》升格，改组为中央机关报，我父亲由华北《人民日报》编委进入组建班子，历任《人民日报》部主任、编委、副总编辑、总

李东东新闻作品选

编辑。父亲在抗日战争、解放战争特别是抗美援朝期间，采写了大量被广为传诵的著名战地通讯。如《为七百万人民请命》《被人们欢呼"万岁"的部队》《任弼时同志二三事》《复仇的火焰》《汉江南岸的日日夜夜》等等。《为七百万人民请命》刊登于 1946 年 5 月 15 日晋冀鲁豫《人民日报》创刊号一版，受到时任晋冀鲁豫中央局书记、晋冀鲁豫野战军政委邓小平同志的表扬。《任弼时同志二三事》一文，几十年来一直被选入语文教科书。在朝鲜战争期间，他受命担任中、英、法三国记者国际采访团的领队，在美军仁川登陆前就进入朝鲜，多次出入汉城，深入到朝鲜半岛南部采访，是中国新闻工作者抗美援朝战地采访的第一人。可以说，父亲工作与生活在激情燃烧的岁月里，他把一生献给了党的新闻事业。

我属于那种"生在红旗下，长在幸福中"的毛泽东时代的新一辈。父母为我起的名字，就打着那个时代的鲜明的烙印。生于北京，长于父母身边，就读于中央直属机关子弟小学北京育英学校，1964 年考入北京师大女附中，我一帆风顺地走到 15 岁，遇上了"文化大革命"。如果不是这场灾难把我和姐姐哥哥送到远离北京的地方上山下乡，我们根本不知道广大农村和农民兄弟是怎么回事，还以为全中国都和首都北京一样，以为天南地北的人过的都是一样的日子。

托尔斯泰有句名言：幸福的家庭全都一样，不幸的家庭却各有其不幸的遭遇。顺着这一思路延伸一下：当你拥有幸福家庭、拥有呵护庇佑你的父母时，你并不在意它的宝贵，甚至可能觉得理所当然；而当你失去它，或者承受它带给你的变故和苦难时，便会格外觉得沉重与艰难。1966 年夏天，在一片"造反有理"的红色浪潮中，我浑然不觉地过了 15 岁生日，那无形的压力，像风起于青萍之末，仅仅开了个头。

"大革命"还没正式开始的 1966 年春天，父亲时任《人民日报》副总编辑兼总编室主任，正在值夜班。在奉命删节转载为"文革"造势的解放军报社论《千万不要忘记阶级斗争》时，作了一些文字上的改动，引起毛泽东的震怒，老人家对《人民日报》由来已久的不满更加溢于言表。当时主管意识形态的康生为此大发雷霆，责令《人民日报》就删改社论问题作深刻检查。父亲的职务和工作被立刻调整，开始作起永远通不过的检查，成为"文革"的头一批牺牲者之一。作为一个正直的共产党员，他虽然始终在努力理解毛主席关于"文化大革命"的思想和指示，但也始终对这一运动有着自己的看法，一直不曾投靠或屈从于张春桥、姚文元之流，那么，在以"文化大革命"为标志，以夺取新闻舆论权为先声的浪潮中，他的命运和由之而来的我们一家人的命运，就可想而知了。

所幸，《人民日报》毕竟是有着革命根据地传统的党的新闻机构，或许是民主氛围加文化氛围的共同作用，"大革命"期间，基本上文斗而没武斗，游楼而没游街，触及灵魂而没伤及皮肉。这样，我们一家便没有悲惨到家破人亡的地步，但却实实在在地"四分五裂"了——那时，我姐姐去了内蒙古插队，我哥哥去了云南插队，我去了延安插队；当我们的父母都在北京时，这个家是"四分"，若父母中一个人去了干校，这个家便"五裂"了。

"大革命"浪潮中一个首当其冲并四分五裂的家庭，这个家庭中执行了"资产阶级新闻路线"的"走资派"的子女，连留下一个在北京当工人都不可能，连去冰天雪地的黑龙江生产建设兵团的资格都没有，怎么又能当得成兵呢？须知，参军入伍，在"大革命"年代是最高的政治待遇和最好的去处啊！

这里，就得讲点辩证法了；这里，就反映出事件的偶然性与趋势的必然性了。1970 年秋，"大革命"已进行了四年多，林彪一伙的权势和声势，从 1969 年党的九大达到高峰，开始显露盛极而衰的迹象。当时中央高层内幕斗争，我们当然无从知道，但党内特别是军内老干部对林彪集团倒行逆施的不满，我和我的命运相同的同学们，特别是军队干部子女，常常从不同渠道获得信息，互相交流。

军队老干部的境遇普遍好于地方，不像我父亲这样的地方干部，尤其是新闻文化系统的干部，一打就倒，一倒就检讨。这种不同，依我看有两个因素起着重要作用。一是军队不能乱，野战军不搞"文化大革命"，官还是官，兵还是兵。再一个，军队干部多数出身赤贫，经得起"查三代"，不少人还有战功，敢跟造反派摆资格、拍桌子。而我父亲这样识文断字的文化干部，多数出生在"成分高"的家庭，一被批斗，先自气馁，虔诚地按照当时的党内生活通行的原则，顺着家庭出身检查思想根源去了。

在 1970 年秋冬那段动荡的岁月里，军队老干部开始以不同的形式，帮助他们的被打倒的地方干部老战友，其中一个主要方式，就是把落难战友的落难子女送进部队。

当时，我们家处在从四分到五裂又到四分的状态，爸爸到河南的干校去了，妈妈一人在北京支撑；因为有可能当兵，我从插队的地方回到了北京。信息，期盼，周折，失望，再寻觅……便是那个秋天我和妈妈的生活写照。最初听说可以去东北当兵了，后来不行了；又有一个去二炮某云南基地的机会，妈妈觉得哥哥的处境比我

第五部分　附录散文

233

艰难，先送哥哥入伍了；最后，妈妈把我送上了去石家庄的火车。但是，到了石家庄才知道，并不是就能当上兵，而是住在一个部队招待所等机会当兵。更意外的是，部队宣传部门一位叔叔悄悄告诉我，关于干部子女入伍的问题，高层有了不同意见；而当年征召女兵，只要唱歌跳舞的文艺兵！

我已经记不清楚当时的心情有多复杂了，总之是又一次的深深的失望：看来，无法得到父母老战友的帮助了，而如果去考文艺兵，不要说我不会唱歌跳舞，就是会，我也不想当。

现在回想，我当时还算镇定，我对部队的叔叔说，也别太为难太勉强，当得成更好，不成我就回北京再想办法，我在这儿再等几天，请给我找支笔，找几张纸，我想画画儿。怎么想到画画儿呢？住在部队招待所里，除了报纸，没有别的读物。也不记得是《人民日报》还是《河北日报》还是《石家庄日报》，副刊版上登了一版绘画作品，画的是八个样板戏中的人物。我小时候学了几天画，那

时困在招待所里没事干，又不甘心立即就走，于是就画画儿吧。

　　印象中那时报纸上的几幅画，应该是油画和水粉画，但印在"大革命"时期的报纸上，自然是黑白的，我也正好就用铅笔临摹了三幅：李奶奶斥敌，李铁梅继承先烈遗志，郭建光战斗在芦苇荡。部队叔叔找来的笔不可能是素描专用笔，也就是 2B、3B 的写字笔，我也就用这样硬的笔，画了这么几幅素描。岂料，部队的叔叔见到这几幅画，意外地高兴，没说什么，拿走了。再后来，说要带我去见铁道兵学院政治部的领导。这又意外了，妈妈送我到石家庄，本来是奔着河北省军区和另一个野战军的，而铁道兵，我们家没有一个人认识。当我这个穿着一身蓝衣服的地方女孩儿面对一屋子穿着神气的绿军装的军人时，我知道这是在"相面"（后来的说法是"面试"）。说一点儿不紧张是假的，可我也不怎么害怕，从小到大，我还没有怵过什么；何况，我感觉得出这当面考察是很友好的，并且叔叔事先告诉了我，铁道兵学院是因为看了我的画才提出见面的。

于是，我成为了中国人民解放军铁道兵学院政治部宣传处的一名战士，部队要求我发挥能写会画的特长，仍旧以文艺兵的名额招入，当然，不必再提唱歌跳舞了。

这就是我曲折而又幸运的从军之路。在以后的日子里，没有政治风浪的时候，人们一般都说我是因为绘画的特长考进来的；而一遇风吹草动，就把我的入伍扯进了党内斗争的余波。这，我将在下面写到。

1970年12月19日，河北省人民武装部发出的李东东同志入伍通知书。

1970年12月19日，河北省人民武装部向我母亲赵培蓝发出的军属证明书。

李东东新闻作品选

第一个军礼

　　1971 年的兵，在 1970 年底征召并开始进行新兵训练。我被送到铁道兵集训当年全兵种新征女兵的训练营，在北京房山，地名叫顾册。

　　几百名女兵集中在一起，穿着一样的崭新的绿军装，戴着红彤彤的帽徽领章，兴奋，激动，新奇。大家很快熟悉起来，一交流，才知道各自的入伍经历彼此彼此，差不多也都以为当年只招文艺兵，最终，大多数人不是文艺兵，也进来了。但是有一点微妙的差别我感觉得到，这就是军队干部子女要轻松一些，神气一些，不论她爸爸是将军还是营长；而不大多讲话，特别是不提自己爹妈的身份、经历的，往往是地方干部的女儿。这是可以设身处地想见的，因为在当时，中央和地方机关原来的领导干部，大多数还处在被打倒的状态。

　　顾册新兵营的生活是热闹、喧嚣、生气勃勃的。怎么住的房，一间屋多少床，我已想不起来了，但爬冰卧雪的艰苦训练，管饱管够的新鲜粗粮，使我们这些十八九岁的女孩子，个个脸上红扑扑圆鼓鼓的。这可是有照片为证的。不过，新兵时期的照片都是黑白的，那红扑扑的脸，表现在照片上，便是如秋菊一样冻得发僵、色泽略深的土妞妞样。

　　新兵训练时出的洋相，也无法一一尽述了。一个"动作要快"，就把我们这些学生兵折腾得人仰马翻。都知道兵贵神速，军人，特别是战场上的军人，快五秒，慢十秒，可能就决定成与败、生与死。因此，训练中的收获，可以说表现在方方面面；而洋相，差不多全出在要你快、你还没能力快的时候。例如，起床号吹过几分钟，你得穿好军装整理好内务跑到操场；熄灯号吹过几分钟，你得钻进被窝关闭电灯不能有声响；要在几分钟之内，把三横两竖的背包打得平平整整；要在几分钟之内，把叠成"豆腐块儿"的军被捏得有棱有角……

最尖端的是夜间紧急集合。那天晚上我们已暗地里探到了消息，大家都兴奋得睡不着觉，想悄悄地等，但是"狐狸再狡猾也斗不过好猎人"，排长毫不留情地监督巡查各班，不得和衣而睡。总也到凌晨三四点了吧，再能熬的也睡着了。寂静的雪夜里，凄厉的紧急集合号吹响了！霎时间，营房里炸了窝，个个摸着黑喘着粗气穿衣服，打背包，抓自己的枪。

这时候，原来的设想、程序、步骤……全然不复记忆，只听见床底下的脸盆被踢得乱响，上铺下来的找不着鞋子，急得直叫；下铺打背包的人打了一半儿，拽不动了，才发现背包带另一头被邻床扯着正在打另一个背包！什么三横两竖、见棱见角全顾不上了，就听得外边传来排长的哨声，急促的口令，还有操场上压得低低的整队声……

不管怎样，每个人都穿起了军装，带上了背包，扛着自己的枪，在暗夜里一个接一个跑完了演习全程。回到营区，天亮了，大家喘息未定，互相看看，不由得笑得喘不过气了：有背着背包的，也有根本没打好而挟着跑了一路的，听说还有人被松下来的背包带绊了跤；帽子，多数人戴正了，可也有人都没来得及摸摸帽徽，把帽子戴反了；鞋子，有左脚右脚穿了不一样大的，居然还有那穿成

1970年冬，我和同班战友摄于铁道兵顾册新兵营，这是新训期间的两张照片。

一顺儿的，连累另一人也穿成一顺儿，拧着脚也能行军跑路！

除了练好射击、投弹这些项目外，我比较得意的是敬一个标准的军礼。因为只有受过军人的训练，才知道什么是大臂端平、指尖齐眉的标准军礼；而如果肩臂不平，手指一翘，便是《南征北战》中张军长李军长们的国民党式军礼了。

我早想好了，春节放假回家，要像排长说的，给亲朋好友敬一个标准的军礼。这接受我第一个军礼的人会是谁呢？多半儿是妈妈，但爸爸也可能回家过年呢，若是姐姐哥哥都能回来，那就太好了。反正，我一定给第一个见面的人敬一个神气的军礼！

多么简单又美好的愿望啊！就在我掐着指头盼春节的时候，一个突然的消息使我的愿望变成了梦想。妈妈托人捎信儿，不让我回家过年，如果新兵营春节不留人，就是回京也不能回家。这简直太意外了，对一个历经周折穿上军装的新战士，对一个渴望父母温暖的小女儿。

原来，中央刚刚开了九届二中全会，批判了陈伯达、李雪峰（那时还不知道批了林彪的五虎上将），成为党内又一次路线斗争。而不知铁道兵学院怎么有人把我的入伍与李雪峰同志连起来了，有的传说李是我父亲的老上级，有的则说我是李的"黑侄女"。本来爸爸就没有"解放"，我们这些落难子女，是因了父母的敢负责任的老战友才得以入伍的，而如果这使你得以入伍的因素再出岔子，那你的日子便真要雪上加霜了。

　　妈妈不但风闻了部队那边的周折，还听说报社这边的造反派有查问"走资派"子女入伍的动向。在她的感觉里，如果两边的麻烦一碰头，很可能我这兵就要当出毛病。说白了，别当不成了。所以，我回到北京却不能回家，只能按妈妈给我的地址，住到了她的一个亲戚家里。亲戚在北京卫戍区工作，是军队干部并且正在"支左"，家里是很安全的。

　　敲开亲戚家的院门时，迎着来开门的人，我不由自主地敬了一个标准的军礼。开门的，是他们家的保姆；我的第一个军礼，就敬给了这位山东口音的老阿姨。

　　不记得为什么妈妈白天不能来看我，我非常想念妈妈，有一肚子话要说。于是像《红灯记》里李玉和与"表叔"粥棚接头一样，我和妈妈约定当晚在王府井南口见面。昏暗的冬夜里，母女俩在大街上相会，望着自己的穿着新军装却不能回家的小女儿，妈妈百感交集。母女不能一同回到近在咫尺的家，也不能让社址就在王府井的报社造反派看见，我们就悄悄地沿着王府井大街的东侧，冒着凛冽的寒风，从南走到北，又从北走到南……

黎明的号声

　　1971年初春，我结束了新兵训练，回到老部队，也就是招我入伍的铁道兵学院。从顾册新兵营走进学院的大院儿，那感觉，用今天的话说，就是从西部到了东部，从农村进了城市。尽管三十年后的今天，由于铁道兵早已撤销，学院早已交给地方，院址所在地已不复当年面貌，那也很难抹去我们这些把青春年华留在那里的兵心底的记忆。

　　当年，铁道兵学院的面积、规模和设施都是可观的。一进大门，迎面是主楼，这是学院首脑机关所在地。院领导，司政后三大部门中的政治部，院务部（即后勤部），以及相关工作部门在这里办公。而训练部（即参谋部门），则在与之相连的工字楼的后面部分。以此为基点，向东向西特别是向北，便是石家庄北郊铁道兵学院的宽宽敞敞的大院子。

　　大院儿里，有教学楼、学员楼；有礼堂、图书馆、门诊部、食堂、军人服务社等等；还有操场、靶场和铁道抢修训练场；为响应毛主席"走五七道路"的号召，院里还有庄稼地、菜地、猪圈；在院子的最西头儿，学院自己设有印刷厂。而大院儿的东墙，便是陆军260医院的西墙，如果生了院门诊部治不了的病，一墙之隔便可以进医院了。260医院再向东，隔着马路，是学院庞大的机关干部

第五部分　附录散文

241

职工宿舍区，宿舍区里，设有自己的幼儿园。以今天的眼光看，这
简直是个自给自足的小社会，遇上个如"非典"之类的天灾人祸，
关起门来也能过日子。

每天清晨，由政治部宣传处一个值班战士打开广播室扩音器，
在唱机上放上起床号的唱片，唱针一滑动，悠扬的起床号就"吹响"
了，整个大院开始苏醒，开始沸腾。无论机关还是学员队，十分钟
后，要集中到操场上出操，盛暑严冬，没有例外。这一声号响，便
把全院各种身份的人，带入了各自一天的工作和生活。

人们都说时间会磨平一切，这种意思，也没少记述在古今中外
的圣贤之书里。但是对此要有真正的体会，则一定是自己经历了，
并且在很久以后，心情平复的时候。今天，当我回忆当年的一切，
感到那么幼稚、有趣、有意思，可这轻轻的"有意思"三个字，所
涵盖的那五年岁月，对于"大革命"中一个父亲受冲击的干部子女，

这是学院校务部通讯班的女兵们在认真学《毛泽东选集》。

政治部宣传处女战士在烈士陵园过组织生活——学习《毛主席语录》。

当时，却常常感到生命中不能承受之重。

　　扶助我走过这风风雨雨的历程的，有我们宣传处宋处长，有我的两位入党介绍人，还有许多关心帮助我的干部、老兵。当然，还有一位非常重要的人物——学院政委，第二次国内革命战争时期的老红军，1955 年授衔的少将。说起来，一位将军和一个士兵，学院最高领导和政治部的战士，距离太远了。但我与这位慈父般的老将军，又确曾近在咫尺。他对我的无私关怀，我将专辟章节记述。

　　都说部队是个大家庭，这主要是因为干部战士来自五湖四海。我在 20 世纪 80 年代从事新闻工作的过程中，到全国各地采访，没有感到太多的口音上的障碍，我看就得益于在部队时不停地听到并逐步熟悉的各地方言。仅仅在宣传处，便有山东、河北、河南、辽宁、吉林、湖北、湖南、安徽、福建、四川等籍贯的干部战士。而我听来最亲切的，首推山东胶东口音，这是因为宋处长是胶东人。

后来全国莫名其妙地"害怕"的河南口音，当时我听着也挺亲切，因为我的一位入党介绍人是河南人；另一位介绍人是湖北人，李政委也是湖北人，如此，湖北口音我也感到格外亲切。

这样说实在有点儿不讲原则，有点儿以个人好恶评说是非的味道，但这确是在那个特定时代、一个生活圈子极窄的二十岁女兵，眼中心中，真真切切的感受。可以设身处地想一下，如果一个山东口音的干部经常在你受了委屈或感到迷惘时给你以安慰和鼓励，你必然感到山东口音亲切；而如果一个安徽籍的干部总在以极"左"的视角评论你的出身与表现，总在挑你的毛病使你无比张惶，你能感到安徽口音亲切吗？

那时我几乎与大院儿之外没有联系。为什么呢？鉴于我入伍时遇到的周折，又鉴于我在插队时与许多同学朋友保持通信联系，在那对于我们这个家庭风雨如磐的岁月，妈妈断然命令我除了与她通信外，不得与任何人通信。她的思想是，与外界多一分联系就可能多一分不可知的麻烦，你就踏踏实实安安静静地当你的兵，尽量不受爸爸的影响也不要影响爸爸。

这下子倒好了，我的兵是当下来了，也没因为我有什么失误或别人找我麻烦而影响爸爸，但爸爸"靠边站"对我的影响是什么，父母可能直到今天看了这组文章才知道。更主要的是，我失去了插队时与众多同学朋友的丰富的通信联系，我的信息渠道、人际关系和感情宣泄途径，便只有大院儿里的战友了。这也是那个封闭的年代的普遍现象——人们的思维和交往，基本被凝固在自己的单位和身边的具体事情上。

幸好，铁道兵学院的院子很大，条件也不错，随着黎明的起床

石家庄部队驻地当年的冬雪。那时几乎年年下雪，这一年下得大，留了几张照片。左图为政治部宣传处一位干部，有文艺表演天赋，亮相具有样板戏风范。

号和夜晚的熄灯号，大家过着"日出而作，日入而息"的极有规律的生活。以今天的眼光来看，用调侃的意味来说，当年大院儿里官兵之间的相处，真有点儿像我刚刚从其间毕业的中央党校第 34 期省部级班，由于经历"非典"特殊时期而被相对封闭，大家天天学习生活在一起，足不出院，唇齿相依，风雨共渡，朝夕不离。

第五部分　附录散文

风雨西小楼

　　学院主楼的东、西两侧，有两座二层小楼，便是当年大家习惯地称谓的东小楼、西小楼。院务部警卫连的男兵，住在东小楼。我和学院其他部门的女兵，一同住在西小楼。住进去之后，才知道西小楼里的"内涵"还挺丰富的。首先，这不仅是座宿舍楼，它里面有工作部门——政治部宣传处电影放映队以及广播室。另外，它不仅是女兵的驻地，政治部男干部中家属没随军的同志，也是这座楼的重要住户。

　　宣传处的战士，除我之外，主要是电影放映员和广播员，他们组成了放映队，工作和驻地都在西小楼。我与他们的一个重要区别，是我住在西小楼，上班则要去主楼。主楼与西小楼，百步之遥，距离当然不是主要的，要紧的是独我一人不能像其他战士之间那样很快熟悉起来；更要紧的是，我这样一个初涉世事的很不成熟的战士，面对的，全部是

在部队时偶尔也会穿工作服，这是在铁路抢修训练场身着男女都一样的"教学专用工作服"。

穿四个兜军装的干部，以及由社会经验丰富得多的成年人所构成的丰富的人际关系和工作关系。

记得小时候看过欧洲哪个国家的一部话剧，剧名叫《一仆二主》，讲的净是仆夹在主之间的左右为难与机智应对，我刚当兵上手工作的时候，那感觉就是这样。我的本职工作是资料员，主要是为宣传处的领导、干事后来还包括政治教员做图书资料的服务工作，同时，还有宣传单位必不可少的抄抄写写；好像是入伍不到一个月吧，又兼做了一段时间广播员；再后来，刻幻灯片，画宣传画，暗房冲洗放大照片，摄影，写点儿小稿件什么的……我有这样多的工作好做，应该说是部队给我的锻炼机会，当然应该心存感激；但不言而喻的是，工作头绪越多，接触的人越多，需要处理的人际关系也越多，而这恰恰是天下第一难事，而当年我几乎一点儿也不懂这些。

果不其然，我不久就感到世事艰难了。首先，我得接受主管图书资料工作的干事的领导；没过几天，派我接替调走的广播员兼做广播员；再加上我的组织生活和其他战士在一起过，我自然要受电影放映队长和领导放映队的干事的领导了。年轻人干起工作来，总是愉快的，浑身有使不完的劲儿，就是加班加点也乐呵呵的。难就难在两位或两位以上领导在同一时间分别向你派了活儿，你怎么

第五部分　附录散文

247

办？特别是如果干部之间有点儿个人看法，不沟通不过话，你不就傻眼了？

我既不聪明又没社会经验，很快就傻眼了。负责图书资料工作的干事在几次给我派活儿时遇到我在办着另外的干事派给我的事情，就说话了：小李，你的本职工作是管图书资料，其他的事情不是你的职责，你去交代一下，不要办了，回来集中精力整理图书资料。我这个不谙世事的小女兵，觉得挺有道理，就这么找到另外一位干事，以今天的眼光看简直是"以下犯上"，直通通地向他如此这般地"交代"了，等于说我只接受前一位干部的领导而没法再接受他的领导了。

这下子，可把人得罪下了。这另一位干部迅速以口头新闻的方式，广为传播我公然抗上的"大逆不道"。当我回到西小楼时，一位已经得到信息的老兵，看我还根本没有反应，赶紧悄悄告诉了我处里干部之间的微妙关系，并且向我指出了我如此幼稚的行为，必然要招致的不幸后果。

就在我十分紧张和沮丧之时，也是在西小楼，组织处的一位干事，下班后关心地问我，知道不知道学院里对我参军的说法？而后他告诉我，听到有人说小李是李雪峰的侄女，并且她爸爸也被打倒了。这意思当然是说我是个"出身"有问题的受到非议的兵了。姑且不论如果我真是李雪峰的侄女是该享福还是该遭罪，我到哪里或是向谁去说明，李是山西人我爸爸是河北人，李夫人是河北人我妈妈是山西人呢？再一说，爸爸确实还在干校劳动呢，说不清他的职务身份，可中央新闻单位在"大革命"中的状况，又怎么能够向极"左"气氛下的部队同志解释得清楚呢？

这张照片应当摄于 1974 年女兵夏装换装后，学院运动会上的现场广播站。

还有一件雪上加霜的事情，这就是差不多与此同时，原来的广播员调动工作，我被临时派做广播员。我没有受过播音方面的任何训练，派我当广播员，主要是因为学院前面几年招的兵分别是东北人、河北人，说话有地方口音，而我的普通话说得比较标准而已。第一次走进设在西小楼二楼的广播室，第一次对着话筒广播，我非常紧张，手都凉了，是一个老兵站在我身边给我壮胆，才把稿子念下来的——而通常情况下，广播员是不会喜欢身旁站个人的。可能大家听惯了前一个广播员高亢激昂的音调，而我的声音比较低，也比较柔和，结果在大家肯定和鼓励我的同时，也有人说，小李的广播像台湾广播！

台湾广播，当时指的就是敌对的国民党广播了，至少，在语调上是迥异于我们党的广播的。"大革命"中，这话说出来，真能吓着胆小的。这可能是一种感觉，一种调侃，一种玩笑，甚至是对"大革命"时普遍慷慨激昂的广播的一种反感，而对我拐着弯儿的肯定。但是，在我当时的处境下，在我当时的感觉中，无疑自己又增添了一分不是，真叫左也不是右也不是，实在到了难以承受的边缘。

那时我非常想家，尽管当兵的人报效祖国，必须先国后家，两三年都可能回不了家。那时我满怀期盼，盼望什么呢？我在下意识地盼望有人能帮帮我，改变我的处境。这个人是谁呢？就是西小楼的老兵提示我的，我们处的最高领导，宣传处宋处长。老兵们都非常尊敬他，说他既正直又有水平。他当时好像是参加铁道兵系统的培训或会议，我只在入伍前"相面"时见过他一面，新兵训练回到学院后，一直没有见到他。

微妙的差别

　　处长回到学院，着手处理工作，调整人事关系。以他的为人，以他的胸怀，以他的水平，以他的位势，没过多久，就把方方面面理顺了。这其中，说复杂也复杂，说简单，一讲就明白了。

　　"大革命"初期，军队系统曾在部分单位搞过运动，譬如一些机关和院校；部队也不是真空，自然也遗留下一些派性，干部之间有些疙瘩。这样，许多单位的上级机关都采取了"掺沙子"的办法，就是从本军兵种没搞运动的野战部队抽人，调入搞了运动的机关院校。铁道兵学院就是这种情况，各部门都有"老学院"和后调入的，我们的宣传处长，就是从施工部队调来的。

　　除了院校原来的干部与"掺"进来的干部之间要有一个磨合过程之外，再一个因素，恐怕就是我们这种新兵带来的新情况——干部子女而父亲还在"靠边站"，再往上查三代又不

霞光照相
XIAGUANG ZHAOXIANG

是贫下中农。在当时极"左"的时代氛围里，如何对待我们，便有了两种不同的意见。一种是以处长为首的开明派，其态度是有阶级成分又不唯阶级成分，重在本人政治表现（遑论我们的"阶级成分"可能随着父亲的"解放"在一夜之间就变了）；另有一些同志，则由于自己"根红苗壮"，又受到当时极"左"思潮影响，戴着有色眼镜看人，怎么都感到不放心，你再努力，也不如工人和贫下中农子女那么使他放心。

我的印象里，我和情况与我类似的其他部门的几个女兵，便始终在大多数人关心你信任你，同时也总有人不放心你不信任你的氛围中，唱着《我是一个兵》，度着风风雨雨的军旅生涯。

当时，穿上绿军装已是难得的政治待遇，而当兵之后的入党提干，则像今天年轻人考大学读研究生一样，是人生向上的唯一选择。入了党，便有可能提干；明确点儿说，在部队政治部门，不入党便绝无可能提干。而提不了干部，就意味着没有最终进"保险箱"，特别是从农村入伍的战士，一旦复员回老家，此生命运便天悬地隔。

需要提上两句的是，铁道兵学院的干部战士数量之比，与全兵种十五个师（铁道兵所属部队只有东北指挥部、西南指挥部和铁道兵学院三个军级单位）正好相反，是官多兵少。学院招收培养的学员，全部为施工一线部队的干部；管理学员队的，当然也是干部。相当于司、政、后的训练部、政治部、院务部三个机关部门，除警卫连和通讯班战士相对集中之外，也都是官多兵少。按照物以稀为贵的逻辑，有时战士比干部还显眼，就不奇怪了。

在 1971 年到 1976 年那样一个特定时期，在军队的一个官多兵

约在 1972 年或 1973 年，官兵一致，在大院里走"五七指示"道路，犁地，播种。

少的院校机关，我感到干部与战士之间待遇的差别，很大程度上不是在物质上而是在物质之外的什么地方。当然了，全世界的军队、官兵之间都有差别也必有差别，往古来今，莫不如是。可是你能想到这样的差别吗？干部可以戴手表，战士不能；干部能够拥有半导体收音机，战士不能，并且不许收听。仅这两点，就使我感到"四个兜"的干部与"两个兜"的战士之间，除了官指挥兵、兵服从官之外，还有一种远不是当时物资匮乏供应紧张状况下吃穿方面差别的差别。

那么四个兜两个兜、干部灶战士灶这些物质条件之外的东西是什么呢？还得说是精神上的压力。不能戴手表，基本上意味着你不能准确掌握时间，所以得比干部留神上课、下课、出操、吃饭等每一次号声，尤其是当你单独一人执行任务的时候，以避免一不小心游离于集体生活之外。不能拥有收音机并收听广播，我始终没弄明白是因为什么。如果说是干部战士觉悟有差别，我觉得战士更应该多受教育；如果说是信任方面的问题，我印象里当时根本没有什么"敌台"可以收得到。总之，我这个兵当时的状况是，可以看不少报纸——因为我就是管图书资料的，这点应该说比野战部队战士强多了；但不能个人用半导体收音机听广播，当

这张照片很小很模糊，但反映了校园环境，我们的送肥队伍右前方是大礼堂，后面是学员队宿舍楼。

干部战士在送肥路上。前面拉车的黄干事是我的入党介绍人。

然就更看不到在家时从 1959 年起、从儿童时代就看的电视了。

　　如果再考虑到我们今天称之为媒体而当年只是自上而下灌输毛泽东思想和刊登大批判文章的报纸刊物，其所承载的任务之单一，内容之乏味，那么"民间口头新闻"便理所当然成为大院儿里同志间或公开或私下的主要信息传播方式了。回想起来，我从这些口头

新闻的交换过程中，获取了不少信息，也承受了许多凄惶；听来了不少新鲜事，也宣泄了许多真性情。

那时人与人之间不能称朋道友，只有两个关系：同志或敌人。当然，绝大多数情况下人们需要处理的只是同志关系，因为敌人毕竟是极少数。但实际上，同志之间的感情，还是有很大差别的。有的，比朋友还朋友；有的，你小心躲着还怕他挑毛病，很难感到同一志向。

1972年中国恢复在联合国的席位，乔冠华被派任出席联大代表团副团长的消息传出，我以一个"出身"待议、尚未入党的小兵的身份，凭着自己的"政治敏感"，不能自已地向一位干部倾诉了这样的认识和判断：很明显，乔冠华在一夜之间就被"解放"了，否则他不可能代表中国出席联大；而乔冠华的子女，也在一夜之间就从官僚资产阶级的孙辈，返回了革命干部子女的行列。可是这种变化难道是本质上的吗？不过一夜之间啊！江青这些中央文革极"左"派鼓吹的血统论，也太不能自圆其说了！

须知，在那风声鹤唳的严峻的政治岁月中，在部队那样的绝对"正面教育"的环境中，敢于对江青大不敬，说出去就是"现行"。可我居

然说了，还是对干部说的，也没出什么事。这说明宣泄真情的"小环境"还是有的，不能称为朋友的朋友还是有的，人的本性中善良的一面还是有的，人们心中一杆正义的秤还是有的。

小兵的骄傲

"大革命"开始时，我还是个戴着红领巾的少先队大队长，不到入团年龄。"大革命"最初的几年，各地党团组织基本上处于瘫痪半瘫痪状态，我们这些落难子女，也没地方加入组织。到了部队，就是进了革命大熔炉了，而争取政治上的进步，是那个时代的主旋律，尤其是在政治色彩最浓的军队。不管老子"解放"没"解放"，子女都在争取入团入党；特别是如果老子没解放，子女入了党，才更能说明子女政治上的可靠，也才能免受或少受父辈的牵连。

我入团还是比较顺利的。由于在新兵训练时表现不错，新兵营给予了很好的鉴定和推荐，回到老部队——这是部队的习惯说法，老部队就是征召你入伍、你最终服役的部队——再继续努把力，也就水到渠成了。但入团时有两件事引起了我的注意，一方面使我警觉，另一方面，则实在令人啼笑皆非。

第一件事发生在填写入团申请表时。填表，最要紧的、也最要命的，就是填出身。我当然不认为爸爸是坏人，在"出身"栏里，我当然要填革命干部。可爸爸当时早就"靠边站"了，和人民日报前总编辑、新华社前社长吴冷西伯伯一道，在报社印刷厂的搬运组劳动改造，搬大纸筒呢。你填"革命干部"，就得说清他什么时候

"解放"的，现任什么职务。而我爸爸没有违心地检讨到张春桥姚文元们满意的程度，自然解放不了。现任什么职务？总不能填人民日报社印刷厂搬运工吧？那不成了妄图混进工人阶级队伍了？

两难之下，一位组织干事给我指了条路：在"还有哪些需要向组织说明的问题"这一栏里，写明爸爸的情况，并写上爸爸的爸爸的成分。我的天！我这个生在新中国，长在红旗下，有幸出身于红色家庭的小兵，居然还有需要向组织说明的问题！另外，为什么爸爸没"解放"就要填爸爸的爸爸的成分呢？不是唯物主义吗？不是存在决定意识吗？不论爸爸现在遇到什么情况，我的十几年人生经历都是客观存在的——生于北京，长于父母身边，读书于中央直属机关子弟学校，没有见过爷爷；怎么爸爸"解放"了我就是干部子女，爸爸没"解放"我就成了地主的孙女呢？

可是在当时的历史条件下，这样显而易见的事实，竟然驳不过一些莫名其妙的"规矩"。为了避免节外生枝，避免因为表示不同看法而成了态度问题，入团表也就这么填了。这张表，可能是我一生中填的表里唯一一次有"需要向组织说明的问题"，因为在其后的入党过程中，虽然经历更为奇特，但我也得到了更多的支持和帮助；而在更其后的年月里，我爸爸解放了复出了重新担任了领导职务，但所有的表格，却不再设"出身"这个栏目了。

另一件事，发生在填表之后的组织谈话，同样使我大感意外，但也使我受益无穷。每个人都会有缺点的，尤其在你要求进步的时候，组织上更要帮你找出不足，指明前进方向。可我万万没想到的是，我需要注意克服的缺点竟是"骄傲自满情绪"。我还能骄傲自满？我觉得我没有自卑就不错了。从走进这个大院儿起，就有人用异样的眼光看我，或是"侄女"问题，或是父亲没"解放"问题，或是北京学生小知识分子情调……我觉得自己已经在最底层了，周围的人哪个不比我高大：从司政后机关到学员队，一色是穿四个兜军装的干部，而我是穿两个兜军装的战士；政治部宣传处的干事，哪一位都可以领导我，向我交办工作；先于我入伍的宣传处电影放映队队长，虽然也是战士，但我连离开西小楼去东小楼办事都向他报告……我已经很努力很小心了，可以算接近毛主席告诫的"夹着尾巴做人"了吧，怎么还给人留下骄傲自满的印象呢？

百思不解之时，还不能问。这就是"大革命"时代的特定逻辑。你还想问组织上根据什么来判断你的是非？那不就是不服气吗？让你注意克服骄傲自满你居然想问我哪里骄傲自满了——更说明你不谦虚谨慎、有骄傲自满情绪了。于是我只能无条件地接受意见，诚恳地表示有则改之无则加勉。但同时总惦记着得找人问问明白，否则自己不清楚怎么回事，也就不知道怎么改正，继续下去，将来争取入党的时候，还说你骄傲自满，那不麻烦了！

终于有一天，我从组织处一位好心的干事那里了解到了原委。当他说出口的那一刻，我惊异得像听到了旱天雷声，但随即，我就一点儿脾气也没有地接受了——如果这就是骄傲自满的话。他说了什么呢？他说，有的干部反映小李对面走过不和人打招呼，有傲气。

是的，我承认我有对面走过不打招呼的行为。我能清楚地记得，这行为，差不多发生在我到学院不久，政治部宣传处原来的广播员调动工作，领导派我临时兼做广播员期间。学院的广播由宣传处负责，在午饭和晚饭时间，把学院的大小新闻、有关决定和各学员队或机关连队的好人好事，通过挂在各个饭厅的"话匣子"传播出去。这样，只要一个广播员晚吃半小时的饭，全院就都在吃饭时听到广播了。而每当我广播完毕、关好扩音机器、锁好广播室的门、穿过操场走向饭厅，便正是所有的人陆续吃完饭，与我迎面走来之时。

问题就发生在这里！那时我还不到二十岁，想来也实在缺乏社会经验。我以为，大家都在一个院子里工作生活，每天都在吃饭时听我广播，刚才，人人都在吃饭的时候，我在念稿子，之后，我自然是去饭厅吃饭；而正从饭厅里走出来的人，自然是刚刚吃完饭了。所以，对迎面走来的人，我就没有问候"吃完饭啦?"的意识，而别人问没问我"去吃饭呀?"我也没有留意过。

北京四相1973

1973 年回京探亲时，与妈妈摄于北京照相馆。

大约在 1972 年出差北京时，与爸爸在东单公园。

这个教训太惨痛了。痛定思痛，不由得想起了爸爸往日的教诲。爸爸为人正直，谦和平易，处事低调。大约因为他出身成分高，加之从抗战参加革命直到 20 世纪 80 年代中期退居二线时，党内一直讲究出身成分，因而他一辈子谨言慎行，责人宽，责己严，责家人严，责子女严。遇到点儿什么事情，总是先检查自己，作自我批评。孩子们在学校表现再好，他也只给个"很认真"、"很努力"的评语，我印象中他几乎很少表扬我们。而"千万不可自满"，"不要翘尾巴"，"不要满不在乎"，则是他常常挂在嘴边的话。

　　这下子我算出问题了，由爸爸批评过的"干部子女容易满不在乎"而上升到了骄傲自满情绪，足够我记取一辈子的。至少，到现在我已记了大半辈子了——凡对面走过来向我打招呼的人，我一定回以招呼，不管看没看清楚他是谁；凡表示认识我而寒暄的人，我一定表示认识他而寒暄，哪怕事后再侧面打听他是谁。这样，就可能避免在千辛万苦之后一个小小的懈怠而有误大局。这样，久而久之，大家就觉得你很平易近人。

小小藏书室

1971年"九一三"事件后，在全国掀起的"批林批孔"运动，其复杂的政治背景不去说它，只说它带给当时中国政坛的一个变化，就是上上下下开始关注中国历史和古汉语读物。这大约是由于毛泽东博古通今，言谈话语间时常引经据典；而"林彪事件"后向下传达的各类文件报告中，涉及历史典故和诗词文赋的内容逐渐多起来了。

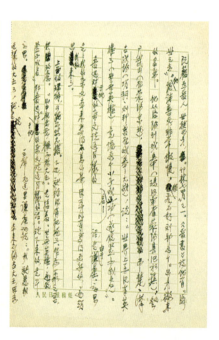

最高领导的好恶历来是各级领导的导向，全党如是，全军如是。毛泽东知识渊博，出口成章，下面不可能望其项背，但总不能连听也听不懂吧！发下来的文件材料中的掌故，上级领导让读的古籍读本，查书查字典也得弄明白吧！作为铁道兵三个军级单位之一的铁道兵学院，政治反应能力还是可观的。首先，院领导责成政治部，政治部交给宣传处，宣传处分配给我这个资料员一项任务——购书。迅速通过内部渠道，购进当时可以买得到的一切古籍读本或通俗注释本，以及《辞海》《辞源》等辞典、字典。

　　这真是一件让人高兴的事情！在此之前，我这个图书资料员的相当一部分精力放在整理学院图书馆书库里散乱的图书上。说实在的，不要说用今天的眼光看，就是在当时，我也觉得那些书不值得整理，而且费了老大劲儿分类造册登记，却基本无人借阅。当然这是不能说出来的，因为它是我的本职工作。眼下，有机会进了这么多新书——最新刊印的古书，并且还有了堂堂正正的理由看书——为政治学习和宣传干事们写文章提供资料服务，就必须先读书！

　　又有书读了，有有意思的书读了！在我以往的生活经历中，多数情况下是不缺书读的。在北京西郊万寿路上育英小学的六年里，十二个寒暑假，妈妈从不认为那是孩子们应该纵情玩乐的时间，总是随着姐姐、哥哥和我年龄的增长，买来古今中外各种不同的书籍，从一句一句教我们读唐诗背宋词起，培养了我们良好的阅读习惯；而当年那套《十万个为什么》，以及其他一些科普读物，则使我们整整一代人探索未知的好奇心不断得到满足。到了中学，尤其是"大革命"中爸爸被打倒后，有时我们干脆躲在家里看爸爸妈妈多年陆续购置的中外名著。

总字五四零部队政治部
1973元旦

　　从 1966 年 到 1968 年，我们居然还能"肆无忌惮"地读着被视为封、资、修的书籍，《战争与和平》《安娜·卡列尼娜》《复活》《红与黑》《牛虻》……不能不说有人民日报造反派的一点点"功劳"在内，这就是，他们基本上对"走资派"没有抄家，或者是抄家而没有抄书，这大约是同为文化人的缘故吧。上山下乡离开北京时，妈妈为我们收拾行装，我们兄弟姐妹最关心的是分书。当时我们的想法是把家里的书带走最安全，谁知道哪一天造反派心血来潮跑来抄家，再把书抄走了！可这样做的结果是，我们兄妹三人带走的家里藏书的精华，后来随着行踪的流徙，几乎全数没能回到家里。

　　当了兵，人是进了"保险箱"了，思想也差不多被关进"保险箱"了。我们这些在儿童少年时代受过良好教育，又因为国家动荡而被迫中断学校教育，刚刚进入渴求知识的青年时代的城市兵，仅仅读毛主席著作和报刊上的文章，实在感到不满足，实在感到年华虚度，当然，这更是绝不能表现出来的，否则就成了政治态度问题了。而今有了这样的环境和机会，我便"利用工作之便"，美美地

读开书了，充分地读开书了。

我已不记得书是怎么买回来的，反正学院一是教育部门，二是军级单位，性质和位势都决定了办事还是有权威性、有能量、有效率的。我只记得自己终于可以不在图书馆书库吃灰尘了，我接受的新任务是，在一位干事的领导下，在主楼二楼建一个小资料室，就近为领导同志和政治部特别是宣传处的"笔杆子"们提供资料服务。这个资料室，被我视为藏书室，我对它倾注了满腔热情。

这间背阴的小屋，大约也就十平方米，左邻右舍分别是会议室和厕所，但它对面、斜对面的向阳的房间就不同一般了，分别是学院最高领导院长与政委的宽宽大大的办公室；而与资料室正对门的，刚好是李政委办公室两扇门中的一扇。资料室"开张"，前来查找资料的，或跑来交代要我查找资料的，或别的部门找我帮忙找资料的，一时络绎不绝。

书籍是人类进步的阶梯——高尔基这话真是不假；特别是在人不太顺利的时候，在格外需要精神指引和安慰的时候，我感到。在我的军旅生涯中，这间小小的资料室给了我无穷的乐趣，也给了我极大的帮助。而帮助，当然不限于当兵期间，它对我后来的学习和工作，在某种意义上起到了基础性作用。

　　小屋里密密排列着的几个书架上，一层一层渐渐摆满了书。我记得先是有了二十四史的《史记》和《汉书》，很快又有了《辞海》和《辞源》，再以后，《古文观止》《资治通鉴》，二十四史的其他史籍，随着内部发行渠道的愈益通畅，源源不断地登上了书架。这些书，主要是其中的二十四史，全部为淡黄色书皮；再往后，一批反映"苏修"状况的文学作品如《多雪的冬天》《你到底要什么》，以及斯大林女儿致友人的二十封信，等等，被印成灰皮书发行。一时间，黄皮书、灰皮书，凝聚了我工作之余甚至包括工作时间在内的大部分注意力，也成为我与谈得来的干部的重要交流话题。

　　这里，宋处长对我的关怀和指点我至今不忘。当年，虽然他十分信任我，注意培养我，但他并不能完全改变当时极"左"氛围下带着偏见的眼光和时不时的飞短流长。于是他常常告诫我，

女兵工作之余悄悄织毛衣，周末在宿舍脱下军装臭美。

要把心胸放开点儿，把眼界放宽点儿，把目光放远点儿，不要那么在意别人说什么；抓紧时间多读点儿书，尽可能地充实自己，丰富自己，提高自己，不管将来的路怎么走，艺高不压身，真本事是自己的。

就在那间小小的资料室，就在那个大大的院子里，我在将近四年的时间里，有机会徜徉书海，扩充知识，被中国历史上时势造英雄英雄造时势的金戈铁马、纵横捭阖所熏陶所感奋，终于把身边发生的琐事逐渐看淡，不再因"人言可畏"而思前虑后；而大量文言文的史籍和历代诗词歌赋，逼着我翻字典查《辞海》，在完成翻译古文的工作任务的同时，"恶补"古汉语知识，还把爸爸妈妈从我小时候开始灌输的查阅工具书的良好习惯，接续下来了。

政委的小院

　　小资料室建立起来，我就基本上在主楼上班了。这一方面是因为不再有时间和必要去图书馆楼，另一方面，我也觉得一处安安静静看书写字刻幻灯片的地方，不再老想着回西小楼放映队办公室，一边干我的那些零活儿，一边和其他战士多接触接触——毕竟，一年下来，大家已经熟悉了。

　　每天在资料室进进出出，说不准什么时候就遇到对门李政委进办公室或者出办公室。机关与野战部队不同，在部队，战士遇到连长都得敬礼并高声向"连首长"报告；在院校机关，遇到如军政委这样高的领导，也像地方上一样，问候"政委好"就是了。我不知道李政委是什么时候认识我的，我认识他，应该是在小资料室建立一段时间之后，而我知道他，则早在一年前的入伍之际。

　　那时我刚刚经历了如履薄冰般的干部子女入伍风波，新兵训练还没结束，又赶上九届二中全会所谓人事问题的波及，迈进铁道兵学院的大门，莫名其妙地被传闻出身背景有问题。但就在那同时，政治部有领导指点我：你十几岁就离开家了，就是家里真有问题，自己的路也可以自己走；再说，你当兵政委是知道的，政委了解你爸爸。今天回想起来，当时也好，其后的二十多年也好，我怎么始终没想到从政委那里了解一下，当年他是怎么了解我爸爸，断定我们家没什么问题，或者即便有什么问题他也敢收我这个兵的。

我曾在20世纪80年代、90年代几次回学院看望老领导和老战友，有许多话都应该问问老政委的，可直到前年突然接到他去世的噩耗，急忙赶到石家庄吊唁时，才意识到一切都来不及了，这位当年慈父般对待我的老首长，永远地安详地睡去了，我想知道的小小的"秘密"，也化作一缕青烟，随他而去了。

我只从爸爸这里知道，他与老政委素不相识，没有共过事，也没有各自的战友互为战友。爸爸是河北人，政委是湖北人；爸爸是党的新闻工作者，政委是身经百战的大将军；爸爸是抗战初期的干部，而政委是第二次国内革命战争时期的"红小鬼"、老红军。政委资格老，出身好，即便"大革命"初期军队院校搞了一段运动，他也是"打而不倒"。而我爸爸，则由于自己正在落难，不愿连累别人，从来也没有萌生去认识政委的念头。

那么，在那个多一事不如少一事的年代，李政委是因为什么而毫不避嫌地帮助一个自己并不认识又出身待定的小女兵呢？有一种说法，他当时是河北省革命委员会委员，而李雪峰同志夫人翟英同志也在省革委会里，可能是翟英同志向他打了招呼，介绍了我爸爸和我的情况。即或如此，他毕竟与我爸爸没有战友情义，很难设想他能从内心深处去理解和担待一个至少是名义上的新闻界"走资派"，更何况，我还没到学院报到，雪峰同志又被"打倒"了。

总之，老政委没有在意收我这个兵会不会给他添麻烦，这在当时需要多么了不起的胆识和胸怀！当然，政委从战争年代过来，曾拼杀于枪林弹雨之中，立过战功，多次负伤，胳膊上留着一面子弹进、一面子弹出的伤痕。这种出生入死的经历，可能也是他远比

"文化人"干部，远比我们这些和平年代成长起来的干部大气、有担当的重要原因吧！

我第一次去政委家，大约是在1971年的冬天。一天，分管我工作的干事交代我一个任务：政委家的电视出毛病了，快看不成了，你去给调一调。我也不知道领导当时怎么就觉得我能调出电视画面来，反正那时年纪不大，也不怵什么，再说政委家不在学院里，在石家庄市内，还能出去"透透气"，我就和政委的秘书一道搭车去了。

20世纪70年代的国产黑白电视，生产数量有限，多数屏幕不大，机子质量不高，再加上没什么售后服务，使用者也不一定多明白，时不时出点儿毛病是可以想见的。我之所以敢去调，并且不止一次地对付着能调出来，是因为从小就看电视，十来年了，再不机灵，也大体上知道无非是电源接触或者是频道微调等问题，三弄两弄，也就解决了——当然，真正有元器件坏了，那是没有办法的。

我长大以后才知道，爸爸在1957年到1960年受组织派遣到苏联去工作，是因为1956年苏共二十大之后，中苏两党间产生了深刻分歧，但两国之间关系还正常运转，同时需要找一些办法来维系这种运转。由苏方出总编辑、中方出专家组组长的《苏中友好》杂志，就是中苏双方合作，承担这种维系任务的一个举措。刊物办在苏联，苏共著名新闻工作者罗果夫任苏方总编辑，我爸爸任中方专家组组长，带着中方编辑班子，常驻莫斯科。1958 年，妈妈带着我去莫斯科探望爸爸；1959 年，爸爸回国探家，除了带回不少书籍，在我们孩子心目中最重要的是，带回了苏联的"红宝石"牌电视机。我从儿童少年时代起，课余生活的一部分时间，就是观看从1958 年初创的中央电视台的节目。"红宝石"是苏联当时最好的电视机，加上苏联人造什么都有个皮实的名声，所以电视机很少出毛病，我们兄妹几个，也就是熟悉了几个按钮的功能罢了。

把政委家时不时不好好工作的电视机调出影子能看了，大家都挺高兴的，我与政委夫人文阿姨和他们在石家庄的几个孩子，也熟悉起来了。偶尔，不为调电视，我也会被邀请到政委家吃饭、过周末。每当走进政委家绿树葱茏的院子，走进他那典型的德式坡顶的大房子，我虽然不可能有回家那样轻松随意的感觉，但也丝毫没有一个士兵与一位将军之间遥远的距离感，还是感到很温暖，并且由此而更加想家。

每次去，差不多都是先在客厅里和文阿姨坐一会儿，然后政委会和我在他的书房里说说话。那是整幢建筑里采光最好、最体现欧式风格的一间屋子，政委总是笑眯眯地坐在三面采光的大飘窗下的写字台前，我觉得他就像一位欧洲童话中的智者爷爷，在指点和安慰一个在大森林里迷失方向、回不了家的"小红帽"。

智者的启迪

　　与政委接触中，我的印象是，他的话虽不多，但很诚恳，很朴实，也很睿智。每次他同我说的，大体上都是要我安心服役，好好工作，多读书，长本事。他不大问我的家庭情况，似乎感觉得到我爸爸在当时简直没有"解放"的可能，但他仍像对待自己老战友的孩子一样待我。相处中，他也几乎不谈我的未来，当时我背负那样的出身背景，还没入党，也不可能上大学，从哪儿谈未来呢？对学院里的派性和由此派生出的复杂的人际关系，他告诫我别理它，"做好自己的事情，走自己的路，不要管别人说什么！"

　　在我 1975 年入党时，才真正认识了李政委这位少语寡言的将军，胸中自有山川丘壑的气度。

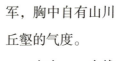

　　本来，一个战士靠拢组织，争取入党，是一件相对单纯的事情，只就其本人的政治觉悟和工作表现加以考察，再弄清历史情

况和家庭背景就行了。而我呢，背了那么沉重的家庭包袱，究竟要怎样考验才算合格？在宣传处以至政治部一直有不同意见，干部彼此之间的一些个人看法，也不同程度地裹进来了。

用今天的话说，"正方"的意见是，研究战士入党，不要把血统论或干部战士间的工作矛盾扯进来；而"反方"的意见是，对人与对事分不开，必须先把一件件有争议的事情弄清楚，才好讨论下一步的问题。以至于"中立"方，组建不久的政治教研室刚从部队调来的政治教员们说，这哪里是在讨论战士入党，简直是在讨论政治部的工作矛盾，断是非"官司"。

本来，部队在一般情况下都是兵多官少，战士希望受到干部的注意，得到领导的提携。可是在当年的铁道兵学院，我却实实在在地尝到了官多兵少、兵受关注的另一种滋味。那就是，干部（也包括战士）之间的某些看法和矛盾，是难以改变或化解的，但在平时的工作中，彼此又不能制衡，只有在某种契机下，比如通过投票决定一件事情或一个人命运的时候，这种较劲就显现出来了——不幸，你就是那个被决定命运的人。

当然，我绝不是说自己当时的表现有多优秀，我的身上一定有着不尽如人意的需要改进提高之处。但是毕竟，我们这些兵都是不到二十岁就参了军，在部队这座大熔炉受党教育几年，大方向应该没错的。而且后来我回到北京时，听很多朋友谈过类似的情况：当年在部队，我们这种出身不明的子弟，大多比工人贫下中农子弟干得苦多了。

处长和我的入党介绍人，还有宣传处以至政治部的许多干部鼓励我，要沉得住气，经受住考验，把这当成是人生向上攀登时的一

第五部分 附录散文

273

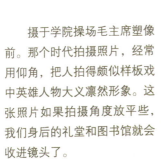

　　摄于学院操场毛主席塑像前。那个时代拍摄照片，经常用仰角，把人拍得颇似样板戏中英雄人物大义凛然形象。这张照片如果拍摄角度放平些，我们身后的礼堂和图书馆就会收进镜头了。

种磨炼、一份财富。而我呢，一次又一次地想象，要是当初去哥哥当兵的部队当兵，要是新兵训练后没来这高墙大院的军级单位，而去了铁道兵十五个师中的任何一个师，恐怕都不会遇到这么多事情，经受这么多磨难。我宁可在基层部队艰苦环境中努力地工作，愉快地生活，也不留恋这大院儿里的条件，也不要拥有这份"宝贵财富"！

　　当然，这些孩子气的想法丝毫不能改变什么，我只能选择接受考验，愿不愿意都得拥有这份财富。在几年来培养教育关爱我的领导和战友的支持下，我经受住了考验，迈出了一个人政治生命中重要的一步，加入了伟大的中国共产党。

　　事后我才知道，为了我这种"出身"的情况可不可以入党，院党委专门请示了铁道兵兵部，铁道兵请示了军委总政治部。其答复是，要看家庭出身，但重在本人表现。而李政委，以一个普通党员又是学院政治工作最高领导人的身份，回答了政治部党支部就一个战士入党的请示：不要理想主义，不要求全，不要害怕不同意见，只要大多数党员同意，就履行组织程序。

政委的判断，绝不仅仅是以他的党内生活经验教育了我这个刚刚加入党的队伍的新兵，他教给我的，是我此前在相对单纯的生活环境、一帆风顺的生活经历中所无法体味和感悟的。

我曾深怀理想主义，做事追求完美，虽然从人生哲理上知道"木秀于林，风必摧之；堆出于岸，流必湍之；行高于人，众必非之"，但实践中，仍然沿着小时候做好孩子、上学时做好学生、工作后做好干部的"三好"模式孜孜以求，而对可能的或必然的不同意见缺乏足够的心理准备。

我曾从书本上读到毛泽东许许多多关于团结大多数、做事三七开、不要怕有人反对的论述，深深折服于那种高屋建瓴、大气磅礴的胸襟气度。比如他的关于什么是政治的论断，他说政治就是把拥护自己的人搞得多多的，把反对自己的人搞得少少的；比如他的关于什么是军事的论断，他说军事就是打得赢就打，打不赢就走。但在实践中，无论读书时还是走向社会后，我都在追求全票，追求完满，追求仗仗都得打赢。

我也曾读了一些先哲、智者的诗文辞赋，对祸福相倚、事难两全的道理不能说不懂，但内心深处的优越和自信，使我难以理论联系实际。在"大革命"初期父亲被打倒的情况下，我和我的同学、朋友，都能不接受学校军宣队的管理，不老老实实地早请示晚

这张照片上的五个战友，分属部队司政后即学院训练部、政治部、校务部三个部门。一个晴朗的冬日周末，摄于学院靶场附近的土坡上。

汇报，不学不跳忠字舞。去延安插队时，不按学校指定的编组，而与志同道合的同学一起，结伴而去。看来，真正修理了我的棱角、挫磨了我的锋芒的，是部队这段难忘的生活；而我读到韩愈的《原毁》，则是在离开部队后许多年了；待到真正领悟千年前古人就已洞察到的"事修而谤兴"的道理，更是其后许多年了。

漫漫回家路

1976 年 1 月 9 日 6 时 30 分，与寒冬的每一个清晨没有什么两样，天还黑洞洞的，刮着凛冽的北风，全院已照例集中在操场上出早操了。在吹完集合号后，由广播室统一放送中央人民广播电台的新闻和报纸摘要节目。

我们刚刚整完队，还没开始跑步，便听到高音喇叭里传来一阵阵哀乐声，大家都不由得侧耳倾听，在"中共中央、国务院、中央军委沉痛宣告……"长长的前置词后，人们都不敢想象也不愿听到的名字出现了——周恩来与世长辞。我几天后回到北京时听说，很多单位从当天起就无法正常上班了，人们谈，人们想，人们哭，人们无法想象失去自己的好总理，人们不知道今后的日子怎么过，尤其在那万木肃杀、风雨如磐的日子已持续近十年之际。

石家庄毕竟不是北京，没有那样强烈的政治参与意识，部队更是处在相对封闭的环境里，再加上当时北京知道而外地并不知道"四人帮"对人民悼念总理进行压制和封锁，所以，铁道兵学院在悼念周总理最初的几天里，一切都还平静。但政治部到底是政治部，政治敏感就是强些，我们宣传处的干部战士天天关注着报纸上、广播里的动向。几天后，处长把我叫去，果断地决定：你马上回趟北京，把情况弄清楚，及时告诉家里——家，就是学院，就是政治部，就是宣传处。

那时我爸爸仍然没有"解放"，但我入党已近一年，就是受极"左"思潮影响重一点儿、偏见大一点儿的干部，也不再像我入党之前那样苛求于人了。而且，不知道为什么，到了政治气氛愈浓、人们想了解动向的时候，反倒不在意我爸爸处于什么状态，而是觉得干部家庭到底要比工农兵家庭了解更多的情况，哪怕是倒霉的干部。这就应了中国那句古话：瘦死的骆驼比马大。

当然，处长和老政委一样，从来也没对我的落难中的爸爸不尊重。他们潜意识里可能总觉得我爸爸正好在宣传口、在新闻界工作，当时新闻界原来的当权派几乎全军覆没，而在张春桥、姚文元主管意识形态又口碑不佳的时代，如果有幸免的人，那倒要问问他是什么路数了。所以，在"大革命"中干部出差都很少的时候，我这个战士被迅速派往北京出差，其工作目的和落脚之地，都在我那个正在落难中的家。

那时候我们家和报社另一位也被打倒的副总编辑合住一套房子。"大革命"初期，造反派觉得"走资派"住的房子宽敞，太修正主义了，于是就往每户中插进一家年轻干部或工人，有的房子多的，还要插进两家。那日子，可想而知不好过。于是我爸爸和那位伯伯，也顾不得会不会被造反派认为"走资派"沆瀣一气、同流合污，主动申请两家合住一套房子，空出另一套给他们。所幸造反派竟然同意了。这样，两家"走资派"住在一个屋檐下，虽比原来拥挤得多，但总比既拥挤而身边又晃动着监视你的眼睛强吧！

我回到已没有我的独立空间的家里。那时我哥哥已复员回京，是他所在单位的团委书记或民兵营长，颇有点儿青年领袖的意味，掌握

许多信息和情况。爸爸的处境虽然没有什么改变，但和他的老战友、老同事还多少有些来往，不可遏制地一道议论国家大事，关注党的事业。当然，进进出出都得悄悄的，说话声也压得低低的，不能惊动了楼上楼下。

　　那几天，正是首都军民瞻仰周总理遗容、为总理守灵、十里长街送总理的日子。首都北京，就像雨果描述的法国大革命时期的巴黎一样，到处弥漫着起义和暴动前的躁动不安……按中国的传统说法，士农工商、五行八作，各种出身、不同身份的人们，都在议论和关注周总理身后的政治动向，为国家的前途和命运忧心忡忡。

我和爸爸一道去过天安门广场，和哥哥一同去过他的单位。每天傍晚，家里的饭桌上，更是信息汇聚的场合。大家分析讨论的，不光是当时严峻的国家形势，还有我们这个家庭以爸爸的走向为主线的前途命运。我们父子母女一同忧思的，已不再是爸爸最终会定性为林彪当年划分的四类干部中的哪一类——林彪已自我爆炸多年，当初的好干部、比较好的干部、比较差的干部、差的干部的标准已不再使用。我们隐隐感觉到的，是没有了周总理对江青等人（当时还不知道有毛主席的"四人帮"一说）的抗衡和制约，没有了周总理对老干部的虽然有限但竭尽全力的保护，在江青、张春桥、姚文元以夺取意识形态领导权起家并长期控制宣传文化领域的局面下，我爸爸这一茬人的命运还不知道会怎样糟糕下去。

在其后的 1976 年 10 月，"四人帮"被打倒后，党内才通过逐级传达文件，知道张春桥在周总理逝世后以为自己上台的时候到了，曾发出对"死不改悔的走资派"即老干部，要杀一批、关一批、流放一批的叫嚣。而 1976 年 1 月 8 日之后的一周，我们一家人根据自己的政治经验预感到的，是如果江青、张春桥上台，爸爸的日子肯定比当时要差，会不会全家被赶出北京（即流放）都很难说。当然，我们本能地也是坚定地认为，江青、张春桥不可能窃取到最高领导权。

我的人生道路因此面临选择。我 1971 年参军不久，遇到"九一三"事件，林彪倒台，军队整顿，冻结提干，一"冻"几年。这几年里，除了陆续复员的，着实"攒"下了一批优秀战士。1975 年春我入党后，在政治部里各方面条件都是不错的，在人人都感到干部提拔解冻的日子临近之时，我的路怎么走呢？

这是学院政治部干部战士合影人数最多的照片，含组织处、宣传处、保卫处和政治教研室的同志。

　　我当然想过在"修炼"了几年之后，穿上四个兜的军装，成为一名解放军军官，在部队这个大学校里干一辈子，既有光荣的政治名分，又有稳定的经济收入和一切保障。可是爸爸妈妈呢？若是爸爸被突然地或秘密地发配出京，谁来陪伴他、照顾他？我一个人在外当兵，万一家里发生变故，我上哪儿找他们呢？

　　就在出差北京悼念敬爱的周总理、了解情况准备向部队报告的那几天，我下定决心，把从军五年来的奋斗目标一笔改过，而选择了复员回家的道路。我的想法是深思熟虑也罢，是一时冲动也罢，总之，我绝不离弃自己的还在落难的爹娘，而去穿四个兜的军装；如果把我们家赶出北京，我一定随全家一道，风雨同舟，共渡难关。而爸爸妈妈，当然也希望我能早一点儿回到他们身边。记得在我启程回部队的前夜，和爸爸妈妈彻夜长谈，从我的青年时代说到他们的青年时代，说到他们留下青春年华的革命根据地太行山。漫漫长夜里，我们禁不住一同压低声音唱起了《太行山上》："红日照遍了东方，自由之神在纵情歌唱。看吧，千山万壑，铜壁铁墙，抗日的烽火燃烧在太行山上，气焰千万丈……"

从"投笔从戎"到"解甲归田"，从魂牵梦萦到一朝离去，要说心里没有触动，那是不可能的。中夜推枕，动问苍天，在深怀脱下绿军装的遗憾之时，我觉得自己作了一个比较高尚的选择，一个符合道德的选择。家里，则由妈妈出面，给部队军、师、团三级领导写了三封信，意思相同，希望他们同意我复员。

这是我此次出差北京带给"家"里的意外信息。学院李政委，政治部沙主任，宣传处宋处长，分别收到我妈妈的信后，虽然感到可惜，但也表示了充分的理解。他们为培养一茬一茬年轻人付出了

宣传处官兵送我回京前的集体合影。

壹壹报
——李东东新闻作品选

心血和智慧，他们希望自己的心血能够结出成果。但毕竟，在国家大势不稳的时候，谁也不可能为别人的前程担保，还得自己拿大主意。

那时候，1976年的复员工作正在进行，退伍战士的名单已经公布，正在打点行装、临别赠言。我的"计划外"加入复员行列，使一个已被宣布复员的家在鲁西南贫困山区的男兵，意外地留了下来，这样一个结果，可谓皆大欢喜。

尾 声

　　1976 年 3 月，我回到离别八年的北京，心中颇有点抗战八年回家园的味道。其后的七个月里，在北京，发生了一连串波澜壮阔又令人惊心动魄的事件。作为参与者和目击者，我深感回京这一选择的正确。

　　4 月，"天安门广场事件"爆发；

　　7 月，唐山大地震，波及北京；

　　9 月，毛泽东逝世；

　　10 月，"四人帮"被打倒。

　　我和我的同事，和我的家人一起，度过了那段有声有色的日子。

　　"四人帮"的垮台，改变了多少人的命运。我爸爸，我们一家，在经历了十年"文革"、十一年落难的命运沉浮之后，以爸爸1977年秋"解放"、复出为起点，结束了运交华盖、风雨如磐的岁月。当时的心情，似乎只有用杜甫的那首《闻官军收河南河北》可以形容：

> 剑外忽传收蓟北，
>
> 初闻涕泪满衣裳。
>
> 却看妻子愁何在，
>
> 漫卷诗书喜欲狂。
>
> 白日放歌须纵酒，
>
> 青春作伴好还乡。
>
> 即从巴峡穿巫峡，
>
> 便下襄阳向洛阳。

　　今天，国家早已从大乱走向大治，我们这一茬当年的年轻人，孩子都已经比我们当年大了。有的人当了祖父母，有的人已经退休了。脚下的路走着走着，匆匆地，竟到了回首往事的时候。

在回顾自己的军旅生涯时，我比较多地想到和写到的是这段经历对我的精神和意志上的"挫磨"，毕竟，"大革命"十年中，一半时间是在部队这个大院儿里，物质条件不错而精神压力不小的情况下度过的。较之此前在延安种地、在内蒙古放羊，物质条件和自然环境极其艰苦而精神上自由自在，刚好相反。

毫无疑问，部队教育赋予了我们这些革命军人的，是使我们受益终生的宝贵财富：坚定的政治信念、铁的纪律和雷厉风行的作风。如果说这些财富中不少成分在别的岗位上也能获得，那么，"兵贵神速"——敏锐反应、快速出手，则明确无误地是军事训练的结果。我在回到地方后，得以比较快地适应不同的工作岗位，应当说，很大程度上来自这种训练。

军人的训练，首先使我得益于我的新闻生涯。20世纪80年代初期、中期，我们这茬儿中青年加盟新闻队伍时，正是"文革"之后人才断代、各个领域青黄不接的时候。那时的老新闻工作者，比今天的老同志要神气得多，不免用他们的带着些微挑剔的审慎的目光对待我们这些新兵。那时做新闻工作，可没有今天通行的提供新闻"通稿"，更没有便捷的交通工具，而是脚板底下出新闻，白天采访，晚上熬夜抢出稿子。而指到哪儿打到哪儿，敢接任务敢打硬仗，领下任务按时完成的作风，使我们很快被接纳，在几年后成为新闻界的中坚力量。

今天，我在宁夏回族自治区党委工作已一年多时间。适逢党的十六大提出全面建设小康社会奋斗目标，自治区九届党委正在带领全区干部群众，抢抓西部大开发的机遇，聚精会神搞建设，一心一意谋发展，加速宁夏社会主义现代化建设的进程。2002年春天我来宁夏之前，有朋友告诉我，西北欠发达又慢悠悠的，做不了什么事情，不必太认真，完全可以读读书、养养神。岂料，宁夏各级干部抢抓机遇、加快发展的势头，足令我们北京干部刮目相看。

作为党委宣传部部长，四百多天的实践使我深深感到，要跟上党委书记的思路和速度，绝非易事而亟须下点儿功夫。"政治上要敏感"，"反应还不够快"，"又慢了半拍"，"干工作就要像打仗攻山头，关键时刻要冲得上去，拿得下来"，"站在地上打枣不算本事，要跳起来打高处的大枣"……是陈建国书记一年来经常向我和我带的队伍发出的指示。而我，在原以为可以读读书、养养神的塞上江南，只能不敢丝毫懈怠地投入宣传宁夏的各方面工作。此时，我又一次地感慨：能够使我勉力跟上一把手的步调，适应加速发展的形势的，还是因为，我也曾是一个兵。

（2003 年 8 月 14 日，完稿于宁夏银川）

［代跋］

一个中国公民的心灵史
——读李东东《远离北京的地方》

◎ 朱昌平

中国新时期的文学，经历了几个重要的阶段。不知道文学史家们是如何划分的，以普通读者的感觉讲，似乎经历了伤痕文学、知青文学、反思文学、改革文学、闲适文学期。从形式上讲，有短篇小说兴盛期，长篇小说繁荣期，报告文学鼎盛期，散文杂文昌盛期。现今的世界，是多元的世界，内涵丰富的世界，瞬息万变的世界，缺少轰动的世界。在文学上，"各领风骚数百年"的节目是绝对没有了，不论文学品种，还是作家，莫不如此。

在文学已掀不起波澜的年代，如果对其还有一点关怀之心，如果留意，你还是能在灰黑中看到绚丽，在嘈杂中觅得清丽，在平凡中感受奇特，在平庸中求得奇异。读李东东女士的《远离北京的地方》，就有一份会心，一份感动，一番启迪。

著名作家张贤亮先生在为这本书所做的序言中说："……我觉得东东的散文就应该算是一种'大女人散文'吧，其'大'大在她的视野和心胸，大在描述上有历史的纵深感。"读《远离北京的地方》，我也有同样的感觉。

本书由四组散文构成，即《我也曾是一个兵》《在湘西北的日子里》《在那远离北京的地方》《在那远离莫斯科的地方》。这几组散文分别讲述了作者上山下乡的感受、当兵的经历、在张家界市挂职的体验、从事边贸考察的思考。这四组散文既独立成篇，各为一辑，又相互关联，共为一体。从一定角度看，这本不厚的书是中国社会发展的断代史，中国公民在社会突变中的心灵史。《万历十五年》的作者黄仁宇先生以明朝皇帝朱翊钧万历十五年为经纬，以其生动的笔触，剖析了有明一代的政治，解析了中国封建社会的弊端与朝代更迭的内因。黄先生的书，曾经使中国的史学界为之关注。而我以为，现代的中国人以其亲历亲见亲为所写的文字，是比《万历十五年》更为生动的历史。《远离北京的地方》即是这样一部既是文学的、又是历史的书。

四十五岁以上的人，对"文化大革命"的发动及进程应该都有直接的感受和永久的记忆。"史无前例的无产阶级文化大革命"，是一场民族的劫难。由"文革"引发的一系列事件、一系列人间悲剧，让上到国家主席、下到平民百姓的中国人吃尽了苦头。"知识青年上山下乡"，便是让千百万青年学子、千百万父母、千百万家庭都吃尽了苦头的"运动"。那些孩子，大的十八九岁、小的十四五岁，都可以说还不谙世事，李东东女士在"笑话两则"中写的，栓了头公牛要挤奶，不知孩子是怎么生出来的，是真实的故事，不是矫情。不要说在极"左"时期封闭条件下成长的青年，现在的青年恐怕也免不了要闹类似的笑话。"知青"的"笑话"，让人只能作酸楚的笑，作心灵的痛。对于知青生活，李东东女士的处理是史家的笔调，没有如一些知青作家般去加以赞美，把它写得天花乱坠，诗意缤纷；也没有"为赋新词强说愁"，夸大其辞，一味去诉苦，去品

一个中国公民的心灵史

尝，欣赏苦难，而是将它放在中国社会大变革的背景下去加以描述。在她平实的道白中，读者自然可以了解那个时代，了解那个时代的中国，了解那个时代中国人的生活境况与内心世界。

除了从上山下乡的角度描述"文化大革命"，《远离北京的地方》还以一组《我也曾是一个兵》，记述了"文革"中后期中国社会的状况，比如高级干部挨整的窘境，知识分子的凄惨命运，军队遇到的困难，普通百姓的凄楚。可以说，在当时的中国，能当得上兵，那是天大的好事。对于当兵的事，我有较为深切的感受。我曾随家人下放农村。我所在的地方，每年都要敲锣打鼓送新兵。当了兵的，是"人民解放军"，其家庭，则是"光荣军属"。在偏僻贫苦的农村，如果谁家有人当了兵，那是天大的喜事。当兵是有难度的，首先成分要好，要是贫农下中农，最好是雇农。中农上中农当兵就有困难，地主富农家的子弟就不要做这个梦。李东东女士以一个正在走背运的干部子女的身份能当上兵，其兴奋之情，其自豪之气自应溢于言表。但作者的高明之处在于，她并未对缘自于好心人帮助获得的命运转机加以膜拜，仍以其冷静的头脑思索着，以其冷峻的眼光审视着。对于当时军队的情况，作者仍然做了客观的描述与深刻的剖析。当时的军队生活，也是"文革"史的一部分。以我的视角看，《我也曾是一个兵》描述的也是活生生的"文革"史。

《远离北京的地方》是一部共和国公民的心灵史。说它是"公民"的心灵史，而不是"平民"心灵史，我以为比较确切。因为作者出身于高干高知家庭，就学于干部子弟学校，从小就到红都莫斯科游历，20 世纪 50 年代在家就能看到电视，可谓较早"开眼看世界"之人。作者后来是硕士研究生，一个新闻单位的领导，进而晋升为副省级地方官。从哪方面讲，都不能说她是平民，说公民较为准确。当然，平民也是公民，但我做这样的区分，是讲，作者在身份上，在个人经历上，有她的独特性。平民写史，自有平民的无遮拦，放任不羁，无拘无束，有时激情多于冷静。而"公民"则不同，写起史来较为平实、平和、大气。可既置身事内，又处身事外。判断历史事件，既考虑对自己的影响，又不仅仅以对自己的利弊作是非与价值的标准与尺度，能够站得高，看得远，把握得准。所谓"有恒产者有恒心"是也。《远离北京的地方》就是能经得住时间检验的、理性的历史记载，是公民的心灵史。

除了具有史料性、史实性、史论性，《远离北京的地方》还有较强的思想性，在《在那远离北京的地方》《我也曾是一个兵》两组散文中，就有对中国社会发展的思考，对社会主义运动的思考。对于"文革"时期对各级领导的无端怀疑与惩治，对于血统论，对于经济的凋敝，作者都做了分析与鞭笞。在《在那远离莫斯科的地方》中，对于前苏联的发展，对于中苏人民之间的关系，对于社会主义运动也做了深刻思考。而《在湘西北的日子里》，则是对国家、对地方改革与发展的思考。作者在书的"引子"中写道："1992年初，东欧剧变，苏联解体不久，我从黑龙江绥芬河出境，作了俄罗斯远东一隅的三日之游，走马看花地观察了作为刚刚成立的独联体中一员的俄罗斯，而不是此前世界上两个超级大国之一的苏联，在经历着怎样的静悄悄又天翻地覆的变化。20世纪90年代的俄罗斯远东部分，与我儿时印象中50年代的苏联首都莫斯科，有着怎样的不同。"作者在观察，在思索，同时也在启迪读者思索。从这个意义上讲，这是一本具有理论内涵与高度的书，虽然你难以找到理论表

一个中国公民的心灵史

291

述的词句，但是，理论却像血脉一样，浸润于全书之中。我想，高明作家的作品，大概都是如此。

《远离北京的地方》还有着强烈的人文精神与人文关怀。从大处看，作者对前苏联人民，对世界上社会主义国家的发展变化予以了热切的关注，对那里的人民给予了深切的同情。对 20 世纪 50 年代苏联人民对中国人民的友好态度作了充满温情的回忆，对俄罗斯远东地区人民 90 年代初的境况农示理解和同情。作者对"文革"时期的中国人民，不论"走资派"，还是名义上被尊崇、被推到至高地位、实则生活十分困苦的"贫下中农"，表示了痛心疾首的怜悯与深切入骨的同情。比如她写她所插队的陕北地区的农民，"除了夏天，其他季节都不洗涮，棉袄棉裤空心穿一冬，'搞卫生'的主要方式是捉虱子……是的，他们世世代代在黄土高原上生活，其结果是，三四十岁的人满面风霜，貌似年过半百；从小到老，营养不良，许多人故世时，名为病死，其实就是耗干了体力"。作者为 20 世纪六七十年代的中国农民画了一张像，就如罗中立的油画《父亲》，他们承受的太多太多，付出的太多太多，而得到的却少之又少。面对这样的农民，这样的乡亲，每位有良知的人心灵都会为之震颤，都会拷问自己的灵魂。作者在对陕北农民生活与生存状况多处看似不经意的描写中，却实实在在写下了经典的一笔。这让我想起了《犯人李铜钟的故事》，想起了张贤亮的《绿化树》《河的子孙》，想起了西海固文学，想起了世界上许多著名的作家。优秀的作家总是关注民生的，总是充满悲悯情结与人文关怀精神的。他们是社会的良心。如果作家游离于社会生活之外，对民众尤其是处于弱势地位的民众的疾苦麻木不仁，漠不关心，缺少社会责任感和同情心，那么他就不可能拥有太多读者，他就不可能登上文学的高峰，他也就不可能在文学史上占有崇高的地位。相反，富于同情心和人文关怀精神的作家，将受到民众的关爱、时代的眷顾、历史的垂青。李东东女士在《远离北京的地方》中所表现出的可贵的人文关怀精神，为其书其人自立于文学作品之林、作家之林奠定了坚实的基础。

强烈的人文关怀精神，也折射出作者为人与为文的统一，为官与为民的统一。"居庙堂之高，则忧其民，处江湖之远，则忧其君。"李东东女士是我的上级，是省级领导，她对中国农民的悲悯，对老区的关怀，我从她的文字中了解到了。而她到宁夏后，也经常到贫困山区去调查了解，访贫问苦。她致力于宣传宁夏、恪尽职守的精神，让组织放心，让我们这些部下感佩；诚如范敬宜先生在本书《跋》中所说："指顾间，多少须眉心折"。

李东东女士在《远离北京的地方》中表现出了娴熟的驾驭文字的能力。她的散文清丽、简约、平实、流畅。她的文笔，如果不深入进去看，一眼扫过，会感觉有些直白。但细细品来，文章的韵律感、节奏感，文章的大意象，尽潜藏于这直白之中。李东东女士读过大量的中外名著，有深厚的中国传统文化的功底，她可以把文章写得极为绚丽以至华丽，这方面，有其《宁夏赋》可以作证。而她的散文集《远离北京的地方》，却没有刻意雕琢，何故？我以为首先在于作者有丰富的生活，有深刻的思想。生活与思想贫乏的作家，只能把精力用在做文字的堆砌、文字的游戏上。而许多的大作家，文字极为平实，文风极为质朴，而其笔下的文字所表现出的生活与思想，却是丰富多彩的、撼人心魄的，是能够影响世道人心，甚至影响历史进程的。作者文笔平实的第二个原因，我以为是她文字方面的精心修炼。文字水平达到了一定的高度，就可以随意挥洒，举重若轻，就可以在无华丽处华丽，无精粹处精粹。可以写古赋的李东东，完全可以写出辞藻华丽的散文，至少她不会比眼下的一些以玩文字为特长的散文家们玩文字的技巧差。可她却入得文辞，出得文辞。文到精致之处，便是平实平白平和平淡。我读唐诗宋词，便有"白话"、"大实话"的感觉。比如"好雨知时节，当春乃发生"，比如"欲穷千里目，更上一层楼"，比如"遥怜小儿女，未解忆长安"，比如"海内存知己，天涯若比邻"，比如"故国不堪回首月明中"，比如"两情若是久长时，又岂在朝朝暮暮"，比如"相顾无言，惟有泪千行"等等，可以说都是佳句绝句，可又都是大实话。成为千古绝唱的，大都是明白晓畅的，这可能也是诗的最高境界吧。发人人心中有、手下无的，用大众明白的话来表述，进而构筑诗词高峰。诗词尚且如此，散文就更应向大众口语化方向靠拢。李东东深得中国传统文化之精髓、之真谛，据此可见一斑。

　　当今的时代，是文学总体上失去轰动效应的时代。但事物的发展有它的偶然性，偶然的轰动还是有的。我想《远离北京的地方》的出版，一定会在宁夏这片热土以至许多地方引起强烈反响，并在读者心中留下一道美丽的风景线。